講談社文庫

鬼火(下)

マイクル・コナリー｜古沢嘉通 訳

講談社

THE NIGHT FIRE
By Michael Connelly
Copyright © 2019 Hieronymus, Inc.
This edition published by arrangement with
Little, Brown and Company (Inc.),
New York, New York, USA
Through Tuttle-Mori Agency, Inc., Tokyo
All rights reserved.

目次

鬼火（下）

●主な登場人物〈鬼火　下巻〉

ハリー・ボッシュ　元ロス市警敏腕刑事
レネイ・バラード　ロス市警ハリウッド分署深夜勤務担当刑事
マデリン（マディ）　ボッシュの愛娘　チャップマン大学学生
ミッキー・ハラー　リンカーン弁護士　ボッシュの異母弟
ジョン・ジャック・トンプスン　ロス市警ハリウッド分署殺人課元刑事　殺人事件捜査に関するボッシュの師
マーガレット・トンプスン　ジョン・ジャックの妻
ウォルター・モンゴメリー　殺害された上級裁判事
ポール・ファルコーネ　モンゴメリー判事殺害事件裁判担当判事
クレイトン・マンリー　マイケルスン&ミッチェル法律事務所弁護士
ウイリアム・マイケルスン　マイケルスン&ミッチェル法律事務所設立パートナー
エルヴィン・キッド　元ローリング・シクスティーズ・クリップ団幹部
シンシア・キッド　エルヴィンの妻
ディナード・ドーシー　麻薬密売人兼タレコミ屋　男性中央拘置所拘束中
ワシントン　ロス市警ハリウッド分署警部補　第三直（深夜勤務）当直指揮官
マーセル・デュプリー　ローリング・シクスティーズ・クリップ団幹部
ジゴベルト・ロハス　タコス移動販売車のオーナー
ラリー・キャシディ　ランチボックス発明家
メラニー・キャシディ　ラリーの妻
モーラ・フレデリック　ラリー・キャシディの前妻
ジェリー・ガスタフスン　ロス市警刑事　モンゴメリー判事殺害事件捜査担当刑事
オーランド・レイエス　ロス市警強盗殺人課刑事　ガスタフスンのパートナー
ルシア・ソト　ロス市警強盗殺人課刑事　ボッシュのロス市警での元パートナー
ドミニク・〝バットマン〟・ブティーノ　ラスベガス出身のギャング構成員
セルマ・ロビンスン　ロス郡地区検事局重大犯罪課検事補
ロバート・オリバス　ロス市警強盗殺人課警部
エディスン・バンクス・ジュニア　火災事件焼死者
ローリー・リー・ウェルズ　シャーマン・オークス在住の女優

それは男性中央拘置所からのコレクトコールだった。ロボット音声で、受信者に、この通話が〝D二乗《スクエアード》〟からのもので、通話に応じるならば数字の1を押し、応じないならば数字の2を押すよう告げた。電話はエルヴィン・キッドの携帯にかかってきたものだった。キッドは電話を受けた。

「ヨー、E――あんたか、n――？」

「なにが望みだ、おい？　おれはもうおまえに保釈金を払ってやる気はないぞ。おれは抜けたんだ。わかってるだろ」

「いや、いや、いや、わがn――。おれはなにもほしくない――いずれにせよ、おれはいま仮釈放違反で拘束されているんだ。たんにあんたに警告してやろうと思ってるんだぜ」

「なんについて？」

バラードはボッシュがマンリーの名前を書いていたメモ帳をつかみ、メモを書き殴ると、ボッシュのまえにそれを滑らせた。

Dスクエアード＝ディナード・ドーシー。火曜日に彼と話した

ボッシュはうなずいた。だれがキッドに電話をかけてきたのか、ボッシュは理解した。キッドとドーシーは、仮にバラードとボッシュが話をしてもその会話を聞くことはできなかったが、なにひとつ聞き逃したくなかったので、ふたりは押し黙っていた。

「昔、路地で起こったあの件がらみだ。あるポリ公がここにきて、あの白人坊主に起こったことについて、さんざ訊いてきたんだ」

「なにを訊いた？」

「おれがあそこにいて、なにが起きていたか、なんてことを」

「おまえはなにをしゃべったんだ？」

「一言もしゃべってねえよ。おれはあそこにいなかったし。だけど、ほら、思ったんだよ、あいつらがまだ興味を持っているとあんたに伝えないといけないって。どういう意味かわかるだろ？　あたまを低くしてろよ、n——」

「それはいつの話だ？」

「彼女はここに火曜日にやってきた。おれはそいつといっしょの部屋に入れられたんだ」

「彼女？」

「女のポリ公だった。一発はめてみたくなるような女でもあった」

「その女の名前は？」

「バレットとかなんとかいう名前のようだった。最初はちゃんと聞き取れなかったんだ。なぜって、**おれになんの用があるんだ、マザーファッカー**的な感じだったから、おれは。だけど、その女はよく知ってやがったんだ。そいつはおれとVドッグがあの日、路地でブツを売りさばいていたのを知っていた。Vドッグを覚えているかい？　あいつはフォルサム州刑務所かどこかのクソムショでくたばったんだ。未解決事件を担当しているやつみたいだった」

「だれがその女におれの話をしたんだ？」

「知らねえよ。おれのところにいきなりやってきて、あんたのことを訊いたんだ」

「おまえはどうやってこの番号を手に入れた？」

「番号は知らなかった。ふたりほど団の古株に電話して、手に入れた。だから、あんたに連絡するまで二日かかったんだ」

「どの古株だ？」

「マーセルだ。あいつが番号を知っていて――」

「オーケイ、いいか、もうおれに電話をかけてくるな。おれはゲームから抜けたんだ」

「わかってるよ。だけど、いまでもおれはあんたが――」

通話はキッドの側で切られた。

バラードはすぐさま立ち上がると行きつ戻りつしはじめた。

「なんてこと」バラードは言った。「ドーシーはあしたわたしがあそこにいってやろうとしたことをいまやってのけた」

「だが、キッドはなにも情報を出さなかった」ボッシュは注意した。「あの男は用心深い」

「そうね。だけど、彼はやたらと質問をしていた。わたしたちの狙いは正しい。犯人は彼であり、盗聴の用意が済んでいてほんとに運がよかった。だけど、これからどうする？　わたしはまだあした出かけたほうがいいかな？」

「やめとけ。キッドはきみに対処する用意を整えているだろうし、きみはそれを望まない」

バラードはリビングを行きつ戻りつしながらうなずいた。

「もう一度再生してくれないか？」ボッシュが頼んだ。

バラードがテーブルに戻り、電話の会話を再生した。ふたりの老ギャングのあいだに交わされる暗号のようなものがなにかないかとボッシュはじっと耳を澄ました。だが、キッドはいきなり電話を受けたのであり、伝えられた秘密のメッセージあるいは暗号はない、とボッシュは結論を下した。当人が言ったように、ドーシーは、潜在的な危険をもたらす状況に関してたんに警告を伝えようとしているだけだった。

「どう思う？」バラードが訊いた。

ボッシュは少しのあいだ考えた。

「キッドが動きを示すかどうか、待機して、確認すべきだと思う」ボッシュは言った。

「だけど、捜査に関して知った以上、キッドは既存の通信装置を用いた連絡をやめるかもしれない」バラードは言った。「使い捨て携帯電話を買いにいく。わたしが彼だったらそうする」

「おれは今夜出かけて、彼を見張ることができる」

「いっしょにいく」

「それはうまくいかない。ラッシュアワーのいま、あそこにいくには二時間かかり、きみにはサボるわけにはいかないと自分で言っていたシフトがある。到着したとたんに回れ右して帰らないとならなくなるぞ。おれが出かけ、きみは、キッドが愚か者だった場合に備えて、盗聴ソフトをモニターするんだ」

テキスト・メッセージを知らせるアラーム音がバラードのノートパソコンから聞こえた。

「噂をすれば」バラードは言った。

バラードはそのメッセージを呼びだした。キッドの携帯電話から発せられたものだった。

会う必要がある。明日一時にデュランズ《デュランズ》のところで。重要だ!!!

ふたりの刑事は画面をじっと眺め、返事が来るのを待った。

「相手はドーシーが言っていたマーセルかな?」バラードが訊いた。

「わからん」ボッシュは答えた。「おそらくは」

短い返信が届いた。

そこへいく。

ボッシュはテーブルから立ち上がって、膝をふたたびほぐした。

「デュランが何者かわかれば、あす、そいつに会う手はずを整えられる」ボッシュは言った。

「〈デュランズ〉は、ソウルフード・レストラン」バラードは言った。「いい店よ。だけど、少なくともわたしがしっているだけでサウスLAに三店ある」

ボッシュはバラードの知識に感銘してうなずいた。

「ローリング・シクスティーズの縄張りにある店は？」ボッシュが訊いた。

「クレンショー大通りに五〇年代から一店舗ある」バラードが答える。

「たぶんそこだろう。その店で食べたことはあるかい？　もしその店におれたちが入っていったら目立つだろうか？」

「あなたは目立つな。でも、わたしなら黒人と白人《ハイ・イエロー》のミックスとして通用する」

それは事実だった。バラードは人種がミックスしていた――ポリネシアンがまじっているのは確かだったが、ボッシュは彼女の先祖について訊ねたことは一度もなかった。

「じゃあ、きみが店のなかに入り、おれは外にいる」ボッシュは言った。「それが気に入ってるわけじゃないが」

「込みあったレストランでなにかの行動をとるわけがない」バラードは言った。「午後一時だと、あの店は大混雑しているでしょう」

「じゃあ、どうやって話を聞き取れるくらいそばに寄るんだ?」

「その方法は考えてみる」

「ドレスダウンしておくべきだぞ」

「はあ? どうして?」

「Dスクエアードがあの通話で言っていたことのせいだ――きみはハクいスケなんだ」

「彼が言ったのはそんな言葉じゃなかったけど。だけど、言いたいことはわかる。仕事が終わってからビーチで二時間を過ごし、そのあとドレスダウンするわ。心配しないで」

「おれたちはチームを組むべきかもしれないな。きみは警部補のところにいき、自分がいまやっていることを話して、この件にもっと人員をかけるようにするんだ」

「わたしが殺人課の人間といっしょにいったら、ヴェニス・ボードウォークで財布を掏《す》られるより早く、わたしの手から奪われてしまう」

ボッシュはうなずいた。バラードの言うとおりだとわかっていた。ボッシュはバラードのノートパソコンを指さした。

「今夜の仕事として、きみはキッドがメッセージを送った番号を追跡し、だれに送ったのか探すことはできるだろうか？」

「やってみるけど、たぶん使い捨て携帯よ」

「わかるもんか。キッドはゲームからずっと離れていた。自分自身の携帯電話を使ってメッセージを送っていた――それはミスだ。ゲームを離れているというのは、使い捨て携帯を持っていないということでもある。また、ゲームをつづけている連中は使い捨て携帯を持ち、しょっちゅう替えているだろう。だが、この番号はキッドが持っている番号だ――彼が知っている番号だ。ひょっとしたら合法的な携帯かもしれない」

バラードはうなずいた。

「ひょっとしたらね」バラードは言った。「調べてみたらわかる」

ボッシュは引き戸に向かい、あけると、デッキに歩を進めた。バラードは、ボッシュのあとを追った。

「すばらしい眺めね」バラードは言った。

「夜の景色がいちばん好きだ」ボッシュは言った。「あの明かりやあらゆることが。フリーウェイすら綺麗なところに見える」

バラードは笑い声を上げた。

「いいか、なぜジョン・ジャックがこの殺人事件調書を持っていたのか、あるいはなぜ二十年間、その上に腰を下ろして動かなかったのか、その理由がわかっていない」ボッシュは言った。

バラードはデッキの手すりに近づいてボッシュの隣に立った。「それが重要？　わたしたちは殺害実行犯の目星をつけている。それにわたしたちは機会も動機もつかんでいる」

「おれには重要なんだ」ボッシュは言った。「おれは知りたい」

「つかめるんじゃないかな」バラードは言った。「そこを解き明かしましょう」

ボッシュはたんにうなずいたが、疑問を持っていた。彼らは――主にバラードが――ジョン・ジャックが二十年かけてできなかったことを数日で成し遂げた。ボッシュは、この件にはなにか凶々しいものがあるというバラードの説に傾きはじめていた――ジョン・ジャック・トンプスンが殺人事件調書を盗んだのは、この事件を解決させたくなかったからだ、という説に。

そしてそれは考えねばならないまったくあらたな謎を生みだした。しかも考えれば、痛みを伴う謎なのだ。

BALLARD

30

バラードは第三直の点呼で自分のシフトをはじめた。昼勤担当の刑事たちからバラード宛てのものはインボックスになにも残されていなかったので、バラードは二階に上がって点呼に出席し、現在街で起こっていることについて情報を得ようとした。ワシントン警部補が発言台に立ち、長々と話していた。事件の少ない夜であることを示すもうひとつのしるしだった。警部補はいつもなら巡査部長に点呼を任せ、自分は当直オフィスに留《とど》まり、外でなにが起こっているのかモニターしていた。

ワシントンはチームとそれぞれが割り当てられている報告区域の名を上げた。

「メイヤー、シューマン――6・A・15」

「ドウセットとトーボーグ――6・A・45」

「トラヴィスとマーシャル、きみたちは今夜は49地区だ」

などなど。大手保険金融会社であるステート・ファーム社が盗難車プログラムを継続しており、一ヵ月におよぶ強化期間に五台以上の盗難車を取り戻した警察官には、制服のピンバッジを報奨として与える、とワシントンは伝えた。点呼に出ているパトロール警官のなかにはすでに五台に達した者もいるが、ほとんどは三台か四台で停滞していることに警部補は言及した。このシフト全体での即応を警部補は望んだ。それ以上、たいして話すことはなかった。点呼は当直指揮官からの警告で終わった。

「このところの夜は、事件が少ないのはわかっているが、やがて増えてくる。つねにそういうものだ」ワシントンは言った。「だれも潜りこみしてほしくない。いいか、いまは古きよき時代とはちがうんだ。諸君のGPSマーカーはわたしの画面に映し出されている。要塞のまわりをぐるぐるまわっていたらみんなわかるんだ。そういう連中は次の展開配置で31地区を担当させるからな」

潜りこみというのは、チームが割り当てられたパトロール・エリアを離れて、分署のまわりをぐるぐるまわることだった。そうすれば、シフトが終わり、第一直のチームが出動したという連絡が入ればすぐに帰署できる。6・A・31は、分署のなかでもっとも遠くにあるパトロール・エリアで、大半がイースト・ハリウッドであり、面倒くさい通報——ホームレスや酔っ払いや風紀紊乱者《びんらんしゃ》がらみの通報——がかなり頻繁にあるところだった。だれも31エリアでは働きたがらなかった。そのため、通常、当直指揮官のブラックリストに載っている人間に割り当てられるのだった。

「よし、諸君」ワシントンは言った。「さあ、出かけて、いい仕事をしてくれ」

点呼は散会したが、レネイは席についたままでいて、制服警官たちが部屋を出ていき、ワシントンと話せるようになるのを待った。ワシントンはバラードが待っているのを見て、事情を把握した。

「バラード、用件はなんだ？」

「警部補、わたしにはなにか仕事はありますか？」

「まだない。なにか取りかかっているものがあるのか？」

「昨夜のやり残しが二件ありますし、追跡する必要がある電話番号がひとつあります。わたしが必要であれば、連絡してください」

「了解した、バラード」

バラードは階段を降りて刑事部屋に入ると、いつものように部屋の隅に腰を落ち着けた。ノートパソコンをひらき、エルヴィン・キッドが電話をかけようとしたり、深夜のツイートをしようとしたりした場合に備えて、盗聴ソフトを起《た》ち上げる。たぶん見込みの薄いものになるだろうとわかっていたが、七十二時間期限の盗聴時間は刻々と過ぎており、もう一度幸運に恵まれる場合に備えて回線をオンにしつづけていても支障はないはずだ。

拘置所にいるディナード・ドーシーからの電話を受けたあとにキッドがテキスト・メッセージを送った電話番号を追跡する作業にバラードは取りかかった。最初のステップは、逆引き電話帳を含むＧｏｏｇｌｅのデータベースでその番号を調べることだった。その検索は成果なしだった。レクシス／ネクシス・データベースでの検索も成果なしで、その番号は掲載されていないと表示された。次にバラードは、ロス市警のデータベースにログインし、その番号が犯罪報告書やその他の市警が集めた書類に記載されたことがあるかどうか確かめようと検索した。今回は幸運に恵まれた。その番号は、四年まえの職務質問カードに現れた。職務質問カードは、市警の汎用データベースにデジタル化されて入っており、バラードはワークステーションの画面にそれを呼びだすことができた。

当該職務質問は、サウス方面隊ギャング情報チームによっておこなわれていた。スローソン・アヴェニューとケニストン・アヴェニューの角にある閉店したレストランの外で徘徊《はいかい》していた男性に話を聞いたものだ。バラードはその場所がロサンジェルスとイングルウッドの境界線に近いところだと把握した――ローリング・シクスティーズの縄張りであるのははっきりしていた。男の名前はマーセル・デュプリー。彼は五十一歳で、ギャングの一員であることを否定したが、左手の甲にクリップ団の六芒星《ろくぼうせい》のタトゥを入れていた。

職質カードによれば、デュプリーは、立ち止まらせた警察官に対し、自分はガールフレンドが迎えに来てくれるのを待っている、と話した。酒を飲みすぎたので、と。いかなる犯罪もおこなわれていないのを確認して、警察官たちは職質カードに——携帯電話番号と自宅住所、生年月日、その他の詳細を——記入し、男を発見したその場に残した。

次にバラードはマーセル・デュプリーの名前を犯罪検索コンピュータに入力し、無数の逮捕記録と、過去三十三年間で少なくとも二度受けた有罪判決の記録を引っ張りだした。デュプリーは二度服役していた。一度は武装強盗で、もう一度は居住建築物への発砲の罪で。そうしたいずれの前歴よりも重要なのは、養育費不払いでデュプリーに重罪逮捕状が出ていることだった。たいしたものではなかったが、必要ならばデュプリーを絞り上げることができる材料をバラードは手に入れた。

つづく一時間を費やして、バラードは個々の逮捕報告書を呼びだし、一度ならず、ローリング・シクスティーズ・クリップ団でデュプリーをボスと呼んでいる表現に出くわした。子どもの養育費不払いで重罪逮捕状が出たのは、デュプリーが三年まえに遡ってふたりの異なる女性への養育費十万ドル以上を支払っていなかったからだった。

バラードは昂奮《こうふん》した。キッドの捜査でふたつの点をつないだばかりだった。そしていま、デュプリーに関して、捜査をさらに進めるのに役立てることができるかもしれない情報をつかんだ。ボッシュに話したいと思ったが、彼は寝ているかもしれないと思い直した。バラードは直近のデュプリーの車両局登録写真をダウンロードした。それは四年まえのものだった。同時に最後のマグショットもダウンロードした。そっちは十年まえのものだった。どちらの写真でも、デュプリーは完璧な丸い頭に、手入れされていないもじゃもじゃの髪の毛を生やしていた。バラードは両方の写真をボッシュに送るメールに添付した。翌日の監視作戦の準備を整えるまえにデュプリーがどんな姿をしているのかボッシュに知っておいてもらいたかった。

ボッシュが携帯電話にテキスト・メッセージの着信音をセットしているかどうか知らなかったが、五分が過ぎても返信はなかった。バラードはシフトはじめに充電器から取ってきたローヴァーを手に取り、ワシントン警部補に無線で、コード7――食事休憩――を取りますが、いつものようにローヴァーを持っていきます、と伝えた。分署の人けのない裏の駐車場を通って、小型車のところへいくと、その車に乗って分署を出た。

サンセット大通りとウェスタン・アヴェニューの角にある駐車場には終夜営業のタコス・トラックが停《と》まっていた。バラードはそこで頻繁に食事をしており、その移動飲食店を経営している男、ジゴベルト・ロハスと知り合いだった。彼を相手にスペイン語の練習をするのが好きで、スペイン語と英語のちゃんぽんで話しかけて相手を混乱させることが往々にしてあった。

今宵《こよい》、ジゴベルトはひとりで働いており、バラードはつかえつかえのスペイン語で、息子はどこにいる、と訊《き》いた。最近まで若者はたいていの夜、父親といっしょに働いていた。そのトラックに食べにきたここ二、三度、ジゴベルトはひとりで働いていた。バラードはそれが気になった。ひとりで営業していると、狙われやすい標的になってしまうからだ。ジゴベルトが二個入りのシュリンプ・タコスをつくるあいだ、ふたりはトラックのカウンター・ウインドウ越しに話をした。

「あいつなまけもの」ジゴベルトが言った。「一日じゅう男《バトス》たちとぶらついている。それで疲れて働けないと言うのよ」

「わたしから話をしてあげようか」バラードはスペイン語を話すのをやめて、言った。「わたしはかまわないよ」

「いや、オーケイだよ」

「ジゴベルト、あなたがここで夜にひとりきりで働いているのは気に入らないんだ。ひとりで働くのは危ない」

「あんたはどうなんだね？　あんたもひとりだ」

「それとこれとは事情がちがうよ」

バラードは上着の裾を持ち上げ、腰のホルスターに差している銃を見せた。それからローヴァーを掲げた。

「わたしが連絡すると、友人たちが駆けつける」バラードは言った。

「警察が、あたしを守ってくれる」ジゴベルトは言った。「あなたみたいに」

「わたしたちはここにずっといるわけにはいかないの。通報を受けて来てみたら、あなたが強盗にあっていたり、怪我《けが》をしていたりなんてことになるのはいやだよ。もし息子さんが手伝ってくれないなら、手伝ってくれるだれかを見つけなきゃ。ほんとにそうしないといけないよ」

「オーケイ、オーケイ。さあ、どうぞ」

ジゴベルトはカウンター・ウインドウ越しに紙の皿をバラードに手渡した。そこにバラードのタコスがフォイルにくるまれて載っていた。バラードがウインドウ越しに十ドル差し出すと、ジゴベルトは、まるで逮捕されるかのように両手を上げた。

「ノー、ノー、これは奢《おご》り」ジゴベルトは言った。「あたしはあんたが好きだ。ほかの警察をここに連れてきてくれている」

「だめ。あなたは生計を立てなきゃ。こういうのはフェアじゃない」

バラードは紙幣をカウンターに置き、引き取るのを拒んだ。バラードはさまざまなホットソースとナプキンが載っている折りたたみ式テーブルに皿を運んだ。ナプキンとマイルドな辛さのソースの壜《びん》をつかむと、いまは空いている公設のピクニック・テーブルに歩いていった。

バラードはサンセット大通りに向いて、タコス・トラックに背を向けた格好で食べた。タコスは美味で、ふたつめのタコスにはソースを使わなかった。バラードが食べ終わるまえに、ジゴベルトがキッチンの勝手口を通ってトラックを降り、別のタコスを持ってきた。

「マリスコスだ」ジゴベルトは言った。「試してみて」

「わたしをデブ《エル・ゴルド》にする気？」バラードは言った。「でも《ペロ》、ありがと《グラシアス》」

バラードはフィッシュ・タコスにかぶりつき、シュリンプ・タコスに負けないくらい美味《おい》しいことに気づいた。だが、辛さは弱く、ホットソースをかけた。次に嚙んでみると、より美味しくなったが、三口目にたどり着くことはなかった。ローヴァーが甲高い音を立て、フリーウェイ101号線の高架橋の下にあるカーウェンガ大通りでの交通違反現場に向かうようワシントンに命じられた。ここから五分足らずでいける距離だった。バラードがワシントンに刑事が必要とされる理由を訊《たず》ねたところ、ワシントンは、たんに、「いけばわかる」とだけ答えた。

その場所に関して、パトロール隊あるいは通信指令から事前になんの連絡も入っていないことから、正体がなんであれ、無線で伝えないようにしているのだ、とバラードは理解した。市内に数多くいるマスコミの遊軍は、警察無線の帯域に耳を傾け、販売可能なビデオ映像を生みだしてくれるかもしれないあらゆるものに反応してくるのだった。

バラードはトラックに戻っているジゴベルトに手を振って礼を伝えると、紙皿をゴミ箱に投じ、車に乗りこんだ。サンセット大通りを通ってカーウェンガ大通りにたどり着き、そこを101号線に向かって北上した。ルーフライトを明滅させている一台のパトカーが、古いヴァンのうしろに停まっているのを目にした。ヴァンのサイドパネルには、二十四時間絨毯《じゅうたん》クリーニングの広告が描かれていた。バラードは真夜中に絨毯クリーニングを必要とするものがいるのだろうか、と不思議に思う間もなかった。ヴァンを停車させたパトロール警官のひとりが、手に懐中電灯を持って、バラードの車に近づいてきた。リッチ・メイヤーだった。今夜、点呼の際にその姿を見かけていた。

バラードはエンジンを切り、車を降りた。

「リッチ、どうなってるの?」

「このヴァンに乗っている男だけど、うしろに乗せている女たちが用を足せるよう、フリーウェイを降りて、ここに来たにちがいないんだ。おれとシューが通りかかったところ、四人の女たちが歩道にしゃがんでいた」

「しゃがむ?」

「小便してたんだよ! 人身売買みたいだが、だれも身分証明書を持っておらず、だれも英語を話さない」

バラードはメイヤーのパートナーであるシューマンがひとりの男と四人の女性とともに立っているヴァンに向かって歩きだした。五人は全員両腕をうしろにまわして、結束バンドで縛られていた。女性たちは短いワンピースを着て、髪が乱れている様子だった。全員黒髪で、あきらかにラテン系だった。二十歳より上に見える女性はひとりもいなかった。

バラードはベルトからミニライトを抜き取り、まず光をヴァンのあいているバックドアの奥に向けた。マットレスが敷かれ、その上にくしゃくしゃになった毛布が投げだされていた。ビニール袋ふたつに衣服が詰まっている。ヴァンは体臭と絶望のにおいがした。

バラードは懐中電灯の光をさらに奥へ向け、ダッシュボードのクレードルに携帯電話が一台あるのを見た。そこでGPS地図が光を放っていた。ヴァンをまわりこんで運転席のドアのところへいき、それをあけると、なかに身を乗りだして携帯電話をホルダーから抜き取った。画面をタップすると、ヴァンの目的地が判明した――ヴァレー地区のエティワンダ・ストリートにある住所だ。その携帯電話を自分のポケットに入れると、メイヤーとシューマンが拘束した者たちといっしょに立っているところへ向かった。

「今夜働いているなかでスペイン語が話せるのはだれ？」バラードは訊いた。

「あー、ペレスは話せる――Uボートに乗っている」メイヤーが言った。「それからベイシンガーは流暢《りゅうちょう》だ」

バラードは点呼の際、ふたりのパトロール警官を見たのを思いだした。ペレスのことはよく知っていた。加えて、四人の女性に聴取するには、女性警官のほうがいいだろう、と考えた。もしペレスがUボート――軽犯罪の通報のみに対応する警官をひとりだけ乗せた車のことをそう呼んでいた――で働いているなら、彼女を呼んでも、アクティブなパトロールから外すことにはならないだろう。バラードはローヴァーを口元に持っていき、ペレス巡査に現場に出動するよう要請した。ペレスは了解の返事と、到着予想時間八分と伝えてきた。

「移民税関捜査局《ＩＣＥ》に連絡して、この件を任せるべきだ」シューマンが言った。

バラードは首を横に振った。

「いえ、そういうことはしない」バラードは言った。

「でも、それが決まった手順だ」シューマンは食い下がった。「こいつらは明らかに不法移民だ——ＩＣＥに連絡する」

バラードはシューマンが制服の袖に一本の袖章をつけているのを見た。この仕事に就いて五年という意味だ。メイヤーを見ると、袖に四本の袖章がついていた。メイヤーはシューマンのややうしろに立っていた。彼はバラードにしか見えない形で目を大きく見開いた。この件でバラードにいかなる苦情も申し立てるつもりはないと告げているサインだった。

「わたしは刑事なの」バラードは言った。「わたしがこの捜査の支配権を持っている。ＩＣＥには連絡しません。もしそれで文句があるなら、シューマン、自分の車に戻り、パトロールに戻ったらいい。ここからはわたしが引き受けます」

シューマンは目を背け、首を振った。

「ICEに連絡したとする。この人たちは送り返され、またおなじことをする」バラードは言った。「彼女たちは最初にここにたどり着くまでに味わったレイプと恐怖をまたはじめから味わうの」

「それはおれたちの気にすることじゃない」シューマンが言った。

「気にしなきゃいけないことかもね」バラードは言った。

「なあ、シュー」メイヤーが言った。「ここはおれに任せろ。店《ショップ》に戻り、事件報告書を書きはじめたらどうだ」

店《ショップ》というのは、パトカーのことだった。シューマンはそれ以上なにも言わずに立ち去り、パトカーの助手席に乗りこんだ。バラードは、事件報告書を打ちこみはじめられるよう、シューマンが回転台に載っているMDTを自分のほうに乱暴に振り向けるのを見た。

「自分の名前を正確に打てるといいんだけど」バラードは言った。

「ちゃんとできるはずだ」メイヤーが言った。

ペレスは二分早く到着した。彼女の通訳で、バラードはまず運転手に訊問《じんもん》した。運転手は、金をもらって四人の若い女性をパーティーに連れていくよう頼まれただけで、ほかにはなにも知らないと主張した。どこで女性たちを乗せたのか覚えていないし、だれに金をもらったかも覚えていない、と言った。バラードはメイヤーに運転手をパトカーの後部座席に乗せ、ハリウッド分署の留置場へ運ぶよう指示した。バラードはあとで、人身売買を理由に運転手を逮捕した書類を提出することになるだろう。

四人の女性は現場から運転手がいなくなると、しゃべれるようになった。ペレスを通じて、女性たちはひとりずつ身の上話をした。それは悲しく、おぞましい話だったが、必死な人間がおこなうそのような旅の典型でもあった。彼女たちはメキシコのオアハカからやってきて、秘密の小部屋が設えられたアボカド輸送トラックに潜んで国境を越えた。それぞれが関わった複数の男たちとセックスをすることで旅行代を支払わされた。いったん国境を越えてカレキシコに入ると、彼女たちはヴァンに入れられ、残りの旅費として数千ドルの借金があると言われ、ロサンジェルスの北部に車で運ばれていた。彼女たちはヴァレー地区のエティワンダの住所でなにが待ち受けているのか知らなかったが、バラードは知っていた——ギャングが経営する安宿で性奴隷になるのだ。そこでは、けっして借金が減ることはなく、稼ぐのをやめた場合、雇用主たちが砂漠に彼女たちを埋めてもけっして惜しまれることはない。

ヴァンを運ぶための警察のレッカー車を呼んでから、バラードはノース・ハリウッドにある性虐待の被害女性用クリニックに連絡を入れた。そこへは以前にもバラードは女性を連れていったことがあった。

バラードは連絡相手と話をし、状況を説明した。相手の女性は四人のメキシコ女性を受け入れ、彼女たちが医療措置を受け、ベッドと清潔な衣服を与えられることを請け合った。朝になれば、彼女たちは自分たちの選択肢についてカウンセルを受けるだろう――自発的に帰国するか、メキシコに戻れば彼女たちを調達したグループに迫害されうるという怖《おそ》れに基づいて亡命を求めるか。どちらの選択もいいものではなかった。多くの困難がこの女性たちに待っているのをバラードは知っていた。

ヴァンを押収する平床トレーラーが警察車庫から到着すると、バラードとペレスは自分たちの車にそれぞれふたりの女性を乗せて、ノース・ハリウッドの保護施設に連れていった。

バラードが分署に戻ったときには、午前五時になっていた。ヴァンの運転手の逮捕報告を書き上げた。運転手は自分の身元を明らかにすることを依然として拒んでいたので、バラードは彼をフアン・ドゥの仮名で記録した。バラードは別にそれでかまわなかった。もし運転手が以前に米国の司法機関と関わっていたなら、指紋で身元が判明するとわかっていた。その可能性は高い、とバラードは思った。

ロス市警には、市警本部ビルに本拠を置いている人身売買特捜班があった。バラードは今回の事件に関する書類一式をまとめ、一番にダウンタウンに届けられる連絡便の箱にそれを収めた。レイトショーの規定の手順で定められているように事件を委ねることが気にならない数少ないケースのひとつだった。人身売買は刑事としてバラードが出会うなかでもっとも醜い犯罪のひとつであり、自分自身の過去の思い出を蘇《よみがえ》らせるとともに傷を残していく。十四歳でホノルルのストリートにひとり取り残されたときのことを思いだすのだ。

バラードは午前七時に分署を出て、自分のヴァンに向かった。遅くとも正午までにクレンショー・ディストリクトにいって、待機し、エルヴィン・キッドとマーセル・デュプリーの会合にこっそり立ち会う用意をしなければならない、とわかっていた。だが、いまは、ビーチが必要だった。クタクタに疲れていたが、眠るつもりはなかった。犬を引き取り、海に出て、潮にさからって進まねばならなかった。肉体と精神を消耗させ、なにも自分を悩ませたりできないようにするまで、パドルを深く突き立てるのだ。

BOSCH

31

ボッシュは早くに起床し、モンゴメリー殺害事件で捨てられた五つの捜査の道筋の評価を完了させようとした。〈デュランズ〉ソウルフード・レストランでバラードの支援をするため、家を出なければならなくなるまえに片づけたかったのだ。

昨晩、バラードが帰ったあとで、ボッシュは四番めの捜査の道筋を見直していて、フォローアップが必要だと気づいた。それはモンゴメリー判事が民事訴訟で下した裁定を巡る事件だった。ラリー・キャシディという名のシャーマン・オークスの男性が、自分が発明したと主張するランチボックスを売りだしたときにはじまった。そのランチボックスは、断熱された温かいおかず用区画と冷たいおかず用区画があり、蓋の内側に透明なプラスチック製の窓が付いているのが特徴だった——学校のランチタイムに子どもが見られるよう、その窓の内側にメモや写真を滑りこませることができた。

ランチボックスの売上は穏やかなものだったが、キャシディの妻、メラニーがホーム・ショッピング・ネットワークのケーブル番組に出演し、一個十九ドル九十五セントでランチボックスを宣伝しだすと話は変わった。メラニーは月に二度、ランチボックスを売るため、フロリダ州タンパにあるホーム・ショッピング・ネットワークのスタジオに通い、出演のたびに数千個が売れるようになった。製造コストは低く、ホーム・ショッピング・ネットワークの出演後、夫妻はおよそ月二十万ドル稼ぐようになっていた。すると、キャシディの前妻、モーラ・フレデリックが、キャシディと結婚し、ふたりのあいだにできた息子、ラリー・ジュニアを育てているあいだにランチボックスをデザインした人間としての取り分を要求した。

キャシディは、いわゆる〝ラヴ・フォア・ランチ〟ボックスで生じた収入をほんの少しの割合ですら分け合うことを拒み、フレデリックはキャシディを訴えた。キャシディは、フレデリックの訴えはなんの権利も持っていないものに対して悪意をもって金銭を強奪しようとしていると主張して、反訴をおこなった。

証拠審問で、モンゴメリー判事は、両者に製品発明の着想を述べるよう促した。キャシディは、フレデリックとの離婚後かなり経《た》った日付を記した原形の絵と、提出した特許申請書、デザイン・スケッチに基づいてカラフルなランチボックスの第一号試作品を製造したプラスチック・メーカーの領収書を提出した。

フレデリックは、現在十七歳のラリー・ジュニアから聞き取った公証供述書を提出した。そのなかで元夫妻の息子は、幼いころ学校に持っていったスター・ウォーズのランチボックスに、母の書いたメモやカードや絵が入っていたのを覚えている、と証言していた。

モンゴメリーはフレデリックの訴えを退け、ラリー・シニアを支持し、ずいぶん昔のフレデリックの行動はラヴ・フォア・ランチの発明に着想を与えたかもしれないが、彼女の関与はそこで止まっている、と裁定した。フレデリックは、その商品の製造販売において、リスクを引き受けておらず、創造的側面をまったく受け持っていなかったとして。モンゴメリーは、それを画面を見るため本やほかの物に携帯電話を立てかけた人間が、画面視聴のための装置を開発した携帯電話アタッチメントのメーカーを訴えるようなことに例えた。フレデリックは子どもに宛ててランチボックスにメモを入れた唯一の親ではありえなかった。

万事自明のことのようであり、ボッシュは当初、この事件がモンゴメリー殺害の可能性の高い捜査の道筋に含まれている理由がわからなかった。だが、次いでラリー・キャシディ・シニアと、ラヴ・フォア・ランチの対外的な顔である彼の新しい妻が、ホーム・ショッピング・ネットワークのスポットCMを撮影するために出かけたタンパで殺されているのが発見されたことを記す報告書を読んだ。夫妻は街に滞在中に食事を楽しんだレストランからさほど離れていない、カントリークラブの人けのない駐車場に停めてあったレンタカーのなかで、射殺されているのを発見された。ふたりとも、車の後部座席にいた何者かによって後頭部を撃たれていた。犯罪多発地帯ではなく、その殺人事件は、モンゴメリーがロサンジェルスで殺害された時点では、未解決のままだった。事件書類のなかに入っている検認申請書のコピーによれば、ラリー・ジュニアが父親の遺産相続人であり、ラヴ・フォア・ランチのビジネスで稼いだ金を受け継ぐことになっていた。ラリー・ジュニアは、母親、モーラ・フレデリックの家にまだ住んでいた。

ロス市警刑事ガスタフスンとレイエスは、もしフレデリックが前夫と彼の新しい妻の殺害に関わっているなら、夫妻に向けられた怒りは、自分に不利な裁定を下した判事にも及ぶかもしれないという見立てに従い、捜査の重要な道筋のリストにその事件を含めた。刑事たちは当初、モーラ・フレデリックを聴取しようとしたが、その試みはフレデリックの代理人となった弁護士に妨げられ、その後、ハーシュタットが判事を殺害したとして逮捕起訴されると、すっかり立ち消えになった。

ボッシュは自分のリストのクレイトン・マンリーの名前の下にモーラ・フレデリックの名前を書き足した。彼女にはもっと注意深い検討を加えるべきだ、とボッシュは思った。

いま、自分のまえのテーブルにモーニング・コーヒーを入れたマグカップを置いて、ボッシュはもともとの捜査の最後の書類束に取りかかった。それは捜査員たちの関心を惹《ひ》いた三件目の民事事案だった。またしても訴訟と反訴が関わっていた。今回、争いは、有名なハリウッド俳優と、昔からの彼のエージェントのあいだで起こったものだった。俳優は、自分の俳優人生において、エージェントが数百万ドルを着服していたと非難し、現在そのキャリアが終わりにさしかかっていることから、充分な説明と、盗まれた全額の返還を求めた。

ハリウッドの争いは、通常、殺人事件捜査の対象になることはめったにないのだが、俳優の訴えには、エージェントが組織犯罪一家の隠《かく》れ蓑《みの》であるという主張が含まれていた——そして、エージェントはハリウッドでの自分の立場を利用して、クライアントたちから金を吸い上げ、映画制作への投資という形で資金浄化を図っていたという。俳優は、エージェントとその仲間たちによって暴力を振るうという脅しを受けてきた、と語った。そのなかには、もし訴訟に執着したり、あるいはエージェントを替えようとしたりしたら、顔に酸を浴びせられて、俳優人生が台無しになってしまうだろうという発言を、自宅に――住所は細心の注意を払って秘密にしてきたものなのに――やってきた男にぶつけられたということも含まれていた。

モンゴメリーが民事裁判の法壇に座っていたのは三年間だったが、その間ずっと続いていた訴訟で、判事は最終的に俳優に有利な裁定を下し、七百十万ドルの損害賠償と、俳優とエージェント間の契約の破棄を命じた。この訴訟がモンゴメリー殺害事件の捜査に含まれたのは、長い裁判手続きのなかのある時点で、妻の飼い猫が自分たちの家の前庭で不法行為とおぼしきものを受けて死んでいたことをモンゴメリーが裁判所当局に報告していたからだった。猫は前脚からうしろに向かって切り裂かれており、モンゴメリーと妻はハリウッド・ヒルズに住んでいるものの、コヨーテによってつけられた傷には見えなかった。

その事案の捜査は、俳優とエージェントとのあいだの紛争に向けられた。なぜなら、俳優側から脅迫がおこなわれていたと申し立てがあったからだった。だが、猫殺しとその訴訟とのあいだに、あるいはモンゴメリーが扱っていたほかの訴訟とのあいだに、なんら関連は見つからなかった。

ガスタフスンとレイエスはその事件を自分たちの可能性リストに加えたが、それ以上動くことはなかった。考えられる五つの捜査の道筋のうち、この件がもっとも可能性が薄いことにボッシュは同意した。俳優が高額の和解金とエージェントとの関係解消を勝ち取ったという事実はあったものの、事件が解決してから俳優に危害が及ぶことはなく、さらなる脅迫があったという苦情の申し立てもなかった。俳優を放っておいて高額の和解金も払ったのに、モンゴメリーを狙うというのは、ありえないことに思えた。

ボッシュは殺人事件調書の見直しを終え、フォローアップ・リストにはたったふたりの名前しか載っていなかった――モンゴメリーが公の場で辱めた弁護士のクレイトン・マンリー、ラヴ・フォア・ランチ製品の創造性と財産権を判事によって否定されたモーラ・フレデリック。

ボッシュはどちらにも特にハッとするものを感じなかった。両者はさらに掘り下げればなにか出てきそうなものの、両方とも可能性が薄そうであり、関わっている人間たちは、ボッシュの心のなかでは容疑者のレベルにはほとんど達していなかった。また、殺人事件調書の開示されたバージョンには含まれていない事件の要素（と容疑者の可能性のある人間）があった。ボッシュはこういうことの両側にいた経験があった。殺人事件調書はバイブルだった。聖なるものであるが、それでもあらゆる殺人事件担当刑事に染みついているあるものが、情報を控えさせ、自分の持っているすべての情報を刑事弁護士に渡させないのである。ガスタフスンとレイエスがそんなふうに行動しているとボッシュは推測せざるをえなかった。ハーシュタット裁判が棄却され、法廷でガスタフスンがボッシュにあんなことを言ったあとで、彼は事件に関するなにかほかのことをボッシュに明らかにしようとするだろうか？　レイエスはどうだろう？

その答えは、わんわんと鳴り響くノーだとボッシュは確信していた。だが、ボッシュは連絡をしなければならず、さもなければ確かなことはけっしてわからないだろう。

ボッシュはまだ強盗殺人課の代表番号をそらで覚えていた。ずっと忘れないと思っている。その番号を携帯電話に入力し、秘書につながると、ボッシュはルシア・ソト刑事につないでくれるよう頼んだ。すぐに電話はつながった。

「ラッキー・ルーシー」ボッシュは言った。「ボッシュだ」

「ハリー」ソトは答えた。その声に笑みが浮かんでいるようにボッシュには聞こえた。「過去からの声だ」

「おいおい、そんなに時間は経っていないだろ？」

「経ってる気がする」

ソトはロス市警でのボッシュの最後のパートナーだった。ボッシュが引退してから三年以上が経過していたが、それ以降もふたりは何度か出会っていた。

「さて、声を潜めないといけないな」ソトは言った。「最近、このへんでは、あなたは受け入れがたい人間《ペルソナ・ノン・グラータ》だから」

「それってモンゴメリー事件のせいか？」ボッシュは訊いた。

「その推測は正しいわ」

「おれが電話しているのもそれが理由だ。おれはガスタフスンとレイエスに掛け合わなきゃならないんだ。ふたりはあの事件の捜査をやめてしまったかもしれない。真犯人をつかまえたと思っていたから。だが、おれはそれほどの確信はないんだ。まだおれはあの事件を調べているんだが、ふたりの刑事のどちらもよく知らない。おれからの電話をどちらのほうが受け入れてくれると思う？」

短い沈黙ののち、ソトが答えた。

「んーっと」ソトは言った。「それはいい質問ね。その答えは、どちらも受け入れてくれない、だな。だけど、わたしの命がかかっているとしたら、オーランドのほうを試してみる。彼のほうが穏やかだし、捜査責任者でもなかった。グッシーが捜査責任者であり、起こったことをとても辛《つら》く受け取っている。彼の机にダーツ盤があれば、あなたの写真を貼っているわよ」

「オーケイ」ボッシュは言った。「知ってよかった。いまレイエスが刑事部屋にいるのが見えるだろうか？」

「えーっと……ええ。自分の机のところにいる」

「ガスタフスンはどうだい？」

「いないな。姿は見えない」

「レイエスの直通番号をきみはたまたま知っていたりしないかな？」

「そういうところがあなたの問題点よ、ハリー、わかってる？」

「なにが問題だ？　おれはたんに電話番号を探しているだけで、たいしたことじゃない」

ソトは電話番号をボッシュに伝え、続いて質問を放った。

「で、反対側で働くのはどんな感じ？」

「おれは反対側のために働いているんじゃない。おれはいまは自分のためにやってるんだ。それだけだ」

ボッシュの口調はかなりきつめになっていたにちがいなかった。ソトは世間話に後退し、何気なく、なにかほかに要るものはないか、と訊いた。

「ない」ボッシュは言った。「だが、協力に感謝する。最近はだれとチームを組んでいるんだ？」

「ロビー・ロビンズと。彼のことを知ってる？」

「ああ、あいつはいいやつだ。健全な刑事であり、信頼に値する。彼が気に入っているかい？」

「ええ、ロビーはオーケイだわ。彼の捜査スタイルが好きだし、わたしたちは二件の大きな事件を解決した」

「まだ未解決事件の捜査をしているのか？」

「させてくれるかぎりは。噂《うわさ》では、新しい本部長は未解決事件班を解散させ、現場の担当を増やしたいそうよ」

「それはひどいな」

「そのとおり」

「まあ、幸運を、ルシア。それからありがと」

「どういたしまして」

ふたりは電話を切り、ボッシュはたったいま書き取ったオーランド・レイエス刑事の電話番号を見た。ボッシュはソトがいまの電話についてレイエスに警告を与えるとは思っていなかったが、すぐに電話をかけることにした。

「強盗殺人課、レイエス刑事です。ご用件はなんでしょう？」

「電話を切らずにまずはじめよう。こちらはハリー・ボッシュだ」

「ボッシュ。おれは電話を切るべきだ。おれのパートナーに用だろ、おれじゃなく」

「きみのパートナーとは話をした。いまはきみと話したい」

「あんたに言うことはなにもない」

「きみとガスタフスン、きみらはまだ真犯人を逮捕したと思っているのか？」

「逮捕したとわかってるんだ」

「じゃあ、もうあの事件を調べていないんだ」

「捜査は終了した。おれたちは望んでいる結果を得られなかった――あんたのせいでな。だが、事件は逮捕によって解決だ」

「では、おれと話をしてなんの害がある？」

「ボッシュ、おれはあんたが辞めてからここに来たんだが、あんたの話は聞いている。いい戦いをし、いくつかいい仕事を達成したのも知っている。だが、それはもう過去のことだ。あんたは歴史なんだ。もう切るぞ」

「ひとつだけ質問に答えてくれ」

「なんだ？」

「きみらはなにを隠した？」

「なんの話だ？」

「開示手続きでだ。おれはきみらふたりが引き渡した殺人事件調書を持っているが、きみらはなにかを隠している。そういうことはつねに起こることだ。それはなんだ？」

「さよなら、ボッシュ」

「クレイトン・マンリーのアリバイがでっち上げだと知っていただろ？」

一拍間があり、ボッシュはレイエスが電話を切るのをもはや心配しなかった。

「いったいなんの話をしている？」

「マンリーはモンゴメリーが襲われると知っており、そのためハワイにいき、自分が払った金はわずかな額でも領収書を取っておいた。たくさんの自撮り画像、チャーター船での夜明けまえの写真も含め――その時間は判事が襲われた時間から一時間も経っていなかった。そういうのは、きみらにはまがい物に感じられなかったのか？」

「ボッシュ、おれはあの事件に関してあんたと話すつもりはない。クレイトン・マンリーを追いたいなら、楽しむがいい。だが、おれたちにあんたの後押しを期待するな。あんたはひとりっきりだ」

「モーラ・フレデリックはどうだ？　綺麗《きれい》で可愛《かわい》いワイフ第二号がモーラの発明品を売って、何百万ドルも稼いでいた。もしそれが動機じゃないなら、おれは動機がなんだかわからん」

　ボッシュはレイエスが電話越しに笑い声を上げるのを聞いた。ボッシュは挑発的な発言でレイエスをむきにならせようとしていたが、笑い声は予想していなかった。

「おかしいのか？」ボッシュは言った。「殺人をおこなっているのに彼女を逃がそうとしているんだぞ」

「もうバッジを持っていないとこういうことになるんだな、と思う」レイエスは言った。「コンピュータで調べてみろ、ボッシュ。ググれ。タンパ市警がその殺人事件を一ヵ月まえに解決し、モーラ・フレデリックは無関係だった。ひとつ貸しだぞ、ボッシュ。とんでもない大恥をかくところを救ってやったんだから」

　ボッシュは屈辱で顔が赤くなった。レイエスの顔にぶつけるまえにフロリダの事件の最新状況を調べておくべきだったのだ。ボッシュはなんとか気を取り直し、なにかほかのものを投げ返そうとした。

「いや、レイエス、きみはまだおれに借りがある」ボッシュは言った。「無実の男を有罪にすることからおれはきみたちを救ってやったんだ」

「馬鹿げたことを言うな、ボッシュ」レイエスは言った。「あんたとあのクソ弁護士のハラーがやったことのせいで、殺人犯が自由の身になったんだ。しかし、それはどうでもいい。なぜなら、もう話は終わりだからな」

レイエスは電話を切り、ボッシュは回線の切れた電話を耳に押しつけたままになった。

32

ボッシュはテーブルから腰を上げ、キッチンに入り、さらにコーヒーを淹れようとした。レイエスにぶつけられた非難がまだ胸にヒリヒリと応えていた。ジェフリー・ハーシュタットに関する自分の行動に疑問は持っていなかったが、それでも自分の人生の三十年間を捧《ささ》げた市警の代表者からあそこまで激しくはねつけられるのはキツかった。

あんたのせいで殺人犯が自由の身になった。

その言葉はボッシュを激しく傷つけ、自分がどこかで間違った角を曲がっていないか確かめるため、自分の行動を見直したい気持ちにさせた。

ボッシュは腕時計を確認した。バラードと会うため家を出なければならなくなるまで一時間あった。エルヴィン・キッドとマーセル・デュプリーの会合をスパイするため〈デュランズ〉に入るまえに、あるガソリンスタンドで合流しようというメッセージをバラードは送ってきていた。

ボッシュはマグカップに二杯目のコーヒーを入れ、ダイニングルームのテーブルに戻った。レイエスが示唆したことをそのとおりにやろうと決めた――Ｇｏｏｇｌｅでタンパ事件を調べ、最新の情報を手に入れるのだ。

その機会を得るまえに携帯電話が鳴った。ミッキー・ハラーからだった。

「裁判中の昼食時に話したことだが」ハラーは言った。「いつビデオを撮影したい？」

ボッシュはモンゴメリー捜査の見直しに没頭するあまり、ハラーがなんの話をしているのかピンと来なかった。

「ビデオって？」ボッシュは訊いた。

「忘れたのか、ＣＭＬだ」ハラーは言った。「慢性骨髄性白血病だろ？　あんたとの証言録取を動画で撮影して、そこから着手して、ビデオとともに要望書を出す」

ボッシュは思いだした。

「えーっと、ちょっと待ってもらわねばならない」ボッシュは言った。

「なぜだ？」ハラーは言った。「つまり、そっちがおれのところに来たんだぞ。ほら、マディの生活がちゃんと保障されるように。なぜ待たないとならない？」

「ほんの少しだけだ。いま調べている事件がふたつある。ビデオ撮影のため座っている時間がないんだ。一週間待ってくれ」

ボッシュは事件のことを口にしてあることを思いだした。

「あんたの命だからな」ハラーは言った。「用意ができたら連絡してくれ」

「なあ、ちょっと待った」ボッシュは言った。「こういうことが可能かどうかわからないが、別の弁護士に会いにいくかもしれない。その弁護士を雇いたいからじゃなく、おれが雇いたいと思っていると相手に思わせたいからだ。今回の件――CMLのこと――を持ちだし、相手はなぜ自分を選んだのかと訊くかもしれない。きみがその弁護士を推薦したからだと言ってもかまわないか？　で、その弁護士がきみに確かめようとしたら、口裏を合わせ、そのことを教えてほしいんだ」

「いったいあんたがなんの話をしているのかさっぱりわからん」

「ややこしいんだ。その弁護士の名前はクレイトン・マンリー。きみにやってもらいたいことは、マンリーが連絡してきたら、『ええ、わたしがあなたを彼に紹介しました』と言うだけだ」

「クレイトン・マンリー――その名前に聞き覚えがあるのはなぜだろう？」

「モンゴメリー殺人の初期の容疑者だ」

「ああ、そうだ。知ってた。あんたはあの事件を調べているのか？　マンリーが殺人犯だと思っているのかい？」

ボッシュは生煮えのアイデアを持ちだしてしまったことを後悔しだしていた。

「殺人事件調書を読み返しているんだ――少なくともきみが開示手続きで手に入れたものを」ボッシュは言った。「おれは計略をもってマンリーを品定めしてみたい。そこにきみが入ってくる部分がある」

「事件は終わったんだぜ、ハリー」ハラーは言った。「われわれは勝ったんだ！」

「きみは勝った。だが、事件は終わっていない。ロス市警から直接聞いたところでは、連中はまだハーシュタットが真犯人だと言っているので、事件に関してなんの捜査もおこなっていないそうだ。あそこでは事件は終了しており、ということは、真犯人を見つけるためにだれもなにもしていないんだ」

「あんたを別にしてな。あんたはくわえた骨を放さない犬だよ、ボッシュ」

「好きに言うがいい。マンリーの件は引き受けてくれるか？　もしそういうことになった場合に？」

「引き受けるとも。ほんとにそいつを雇わないでくれればいい」

「心配しないでくれ。雇わない」

ふたりは電話を切り、ボッシュはＧｏｏｇｌｅ検索に戻った。すぐに該当するものがみつかり、ラリー・キャシディとメラニー・キャシディ殺害事件でふたりの容疑者が逮捕されたタンパ・ベイ・タイムズの記事を呼びだした。

パルマ・セイア殺人事件で二名逮捕

アレックス・ホワイト（タイムズ記者）

木曜日、二月にパルマ・セイア・カントリークラブの駐車場で車内にいたカリフォルニアの夫婦が処刑スタイルで射殺された事件に関与したとして、容疑者二名が逮捕された。

記者会見で、タンパ市警のリチャード・〝レッド〟・ピットマン本部長は、二月十八日にラリー・キャシディとメラニー・キャシディを殺害したとして、ガブリエル・カルドーゾとドナルド・フィールズを逮捕したことを発表した。両名とも、罪状認否手続きが終わるまで、保釈なしの拘束をされている。

殺人は金品強奪目的だったとピットマンは語った。ラリー・キャシディは、当日、〈ハード・ロック・リゾート&カジノ〉で勝利を収めた四万二千ドルを少なくとも携行していたと知られている。容疑者たちは夫妻の車に乗りこんでふたりを拉致し、パルマ・セイア・カントリークラブの無人の駐車場の暗がりになった隅まで運転していくよう命じた、とピットマンは言った。同クラブは月曜日は閉まっていた。ふたりの容疑者はラリー・キャシディに持っていた現金を寄越すよう無理強いしただけでなく、ふたりの被害者が身につけていた貴金属類も奪った。カルドーゾが夫妻の後頭部を銃で撃ち、処刑したと考えられている。

「冷酷な犯行でした」ピットマンは言った。「彼らは望みのものを手に入れたのです――金と貴金属を――なのに、彼らはふたりを殺害しました。残酷な行動です。事件現場の様子では、被害者はいっさい抵抗していなかったと見られます」

ピットマンは、カルドーゾが発砲犯だったと考えられている、と言った。本部長は、フリオ・ムニズとジョージ・コンパニオーニ両刑事の働きが事件を解決に至らせたと称賛した。ピットマンによれば、悲惨な運命に見舞われた夫妻の殺害されるまえの数日間の行動をふたりの刑事が労を惜しまず徹底的にたどり直して事件を解決したという。

ムニズとコンパニオーニは、キャシディ夫妻が二月十七日日曜日にロサンジェルスからやってきたのを知った。翌週の火曜日午後にホーム・ショッピング・ネットワークにメラニー・キャシディが出演する予定だったからである。メラニー・キャシディは、彼女と夫が作りだしたオリジナルな児童向けランチボックスの販売宣伝コーナーに定期的に出演していた。ふたりはまえにも何度もタンパに来ており、カジノが楽しめるので、〈ハード・ロック・リゾート&カジノ〉にいつも滞在していた。また、〈バーンズ・ステーキハウス〉の常連客でもあった。

〈ハード・ロック〉の警備チームは捜査に全面的に協力してくれた、とピットマンは語った。ムニズとコンパニオーニは、カジノの防犯カメラを使って、殺害当日の夫妻の動きをたどることができた。夫妻はギャンブルをし、プログレッシブ・プレーのマシンでジャックポットを引き当てた。つまり、すべての結びついている賭け台で客がプレイするたびに、共有ポットに貯《た》まる金が増えていくというスタイルである。特定の勝利手札が現れると、プログレッシブ・ポットから一定パーセントの勝利給を得られる。ラリー・キャシディは、四万二千ドルのジャックポットを引き当て、勝利のあとで受け取ったカジノ小切手を現金化した。

そのジャックポットの勝利のあと、カジノに夫妻の動きを見守っているふたりの男がいることに刑事たちは注目した、とピットマンは語った。そのふたりの男は、のちにカルドーゾとフィールズと確認されるのだが、刑事たちによって行動を追跡された。捜査員たちによれば、ふたりの男はキャシディ夫妻が〈バーンズ〉のディナーで勝利を祝うためカジノを出ていったとき、そのあとをついていったという。以前の記事で、本紙は、夫妻にサーブをしたジェイムズ・ブラスウェルの話を報じている。夫妻は常連客だが、月曜日の夜は、ふだんよりもお祝いムードであり、高価なシャンパンを抜栓させ、近くのテーブルにいたカップルにもシェアしていた、と彼は語った。

ピットマンによると、食後、夫妻はレストランを出て、車でベイショア大通りに向かい、宿泊ホテルに戻ろうとしたという。ハワード・アヴェニューとベイショア大通りの交差点で赤信号のため停止していると、うしろの車に追突された。ラリー・キャシディがレンタカーの被害を確認しようと車を降りると、カルドーゾがまえに立ちはだかった。男はベルトに拳銃を差しているのを示した。カルドーゾはキャシディに車に戻るよう命じ、そののち後部座席のキャシディのまうしろに乗りこんだ。キャシディの車はマクディル・アヴェニューをパルマ・セイアに向かって進み、あとからフィールズが自分たちの車で追いかけてきた。殺害は車が停止したすぐあとで起きた。

カルドーゾとフィールズは、〈ハード・ロック〉の防犯ビデオを分析するために用いられた顔認識ソフトによって正体が明らかにされた。そのプロセスは、フロリダ州警察機構が実施し、二週間以上かかった。そののち、容疑者はタンパ・ハイツにある別々の共同住宅に住んでいることが突き止められた。ふたりは偽名で暮らし、家賃を現金で払っていた。

グレッグ・スタウト警部補が指揮する特殊作戦部隊のチームが木曜日の早朝、共同住宅に同時急襲をかけ、両名はなにごともなく逮捕された。殺害凶器と目されている銃がカルドーゾの部屋に隠されていたのが見つかった、とスタウト警部補は記者会見で発表した。

「彼らが犯人だということにわれわれはなんの疑いも持っていません」と、スタウトは言った。

ムニズとコンパニオーニは、記者会見に出席していたが、マスコミに対する発言はなかった。のちに電話で接触を試みたところ、コンパニオーニは、「この男、カルドーゾは、［伏せ字］野郎です。本官が言わねばならないのはそれだけです」と言った。あす、ヒルズボロウ郡裁判所で容疑者たちの罪状認否手続きが予定されている。

ボッシュはその記事を二度読み、タンパ市警とおなじ確信を持った。行間を読んで、ボッシュはフィールズが転んで、殺人を実行したのを相棒のカルドーゾに押しつけることで、殺人罪での起訴を免れようと願っているのだろう、と推測した。だれかが口を割ったのは明らかなようだった。さもなければ、信号での軽度の衝突事故と拉致に関する詳細がわかるはずがなかった。

逮捕の記事のあと、ほかの記事が何週にもわたって現れていたが、ボッシュはそれらを読む必要を覚えなかった。すでにわかったことで、ボッシュはモーラ・フレデリックをリストから消した。

だが、クレイトン・マンリーはまだそのリストに載っており、オーランド・レイエスが先ほどボッシュと話すのを拒んだ際、彼はマンリーについてはなにひとつ言わなかった。

ボッシュは携帯電話をつかみ、リダイヤルを押した。今回、レイエスには異なる作戦でいくことにした。

怪しむことのない刑事は、すぐに電話に出た。

「強盗殺人課、レイエス刑事です。ご用件はなんでしょう?」

「まず、クレイトン・マンリーを捜査対象から外した理由から話しはじめてくれ」

「ボッシュ? ボッシュ、言っただろ、あんたとは話をしないと」

「タンパを調べてみた。きみの言うとおりだった——モーラ・フレデリックの容疑は晴れた。だが、あれはただ話をそらそうとしただけだろ、レイエス。なぜマンリーを捜査対象から外したのか話してもらわねばならん。さもなければ、きみはそれを判事に話すはめになるぞ」

「いったいなんの話だ？　頭がおかしいのか？」

「殺人事件調書にはクレイトン・マンリーに関して抜けているなにかがある。開示手続きで明らかにされなかったものが。もしその考えをハラーの耳に入れたら、あいつはそれを持って駆けだし、きみときみの大うつけのパートナーを法廷に引きずりだし、判事相手に話をさせようとするぞ」

「大うつけはそっちのほうだ、ボッシュ。なにもない。DNAがあの変人と合致し、それで終わりだ。ゲームオーバーだ。マンリーに関してほかになにもする必要がなかった」

「時系列記録にあったんだ、レイエス。実際には、時系列記録に記されていないことのほうだが。マンリーの聴取は、DNA合致の一週間まえにおこなわれているが、きみたちがマンリーと話したあとの一週間の時系列記録にはマンリーについてなにも書かれていない。その週、きみたちがマンリーに関してなにもしなかったという話は、おれを納得させないし――あるいはハラーもしくは判事を納得させないだろう。マンリーは容疑濃厚の容疑者だった。少なくとも参考人ではあった。で、なにがあったんだ？　きみたちは開示書類になにを入れなかった？　ＤＮＡの結果が戻ってくるまえの週になにがあったんだ？」

レイエスはなにも言わなかった——自分が相手の急所を捉えたとボッシュにわかった瞬間だった。ボッシュのはったりはドンピシャリだった。ガスタフスンとレイエスは、マンリーの線についてあらたな一歩を踏みだしていたが、弁護側に渡した殺人事件調書の開示版からは、そのことを省いていた。

「話してくれ、レイエス」ボッシュは言った。「おれはそれを黙っていられる。きみが話さないと、きみはハラーに無理矢理話をさせられるぞ。もしハラーがそこに金のにおいを嗅いだら、彼はきみたちを、市警を、市を訴えるだろう——大騒ぎになり、きみもそれに巻きこまれる。そうしたいのか？　きみは強盗殺人課に来てまもない。もしこの件でケチがついたら、殺人課はきみをそこに置いておくと思うか？」

ボッシュは待った。やがてレイエスは口をひらいた。

「わかった、いいか、ボッシュ」レイエスは話をはじめた。「刑事同士の話だ。あることを伝える。それに対してなんでも好きなことをするがいい。だが、それはあんたの変人がホンボシなんだから、なにも付け加えはしないんだ。あいつがやったんだ」

「いいから、話してみろ」ボッシュは言った。

「あんたはおれを守らねばならない。ハラーはなしだ。クソッタレな弁護士どもはなしだ」

「ハラーはなし、弁護士はなしだ」

「オーケイ、おれたちが開示資料から省いたのはひとつだけで、あの法律事務所に所属するすべての弁護士をざっと調べてから、マンリーの聴取をはじめることにしたということだ」

「マイケルスン&ミッチェル法律事務所」

「そうだ、そこの弁護士全員を。おれたちが相手にしているのが何者であり、彼らがどんな依頼人の代理をしているのか確かめたかった。大きくて力のある法律事務所であり、おれたちは慎重にやらねばならなかった。郡の裁判所コンピュータに弁護士たち全員の名前を入れたところ、過去十年間に彼らが担当した事件が出てきた。大量にあった。だが、興味のある情報をひとつだけ見つけた」

「それはどんな情報だ？」

「五年ほどまえ、マイケルスン&ミッチェル事務所は、ドミニク・ブティーノの代理人になった。ブティーノにかけられた火器不法所持の容疑を晴らした――証人が証言を変えたのだ。そして、調べたのはそこまでだった。DNAがハーシュタットと一致し、おれたちはそっちの線の捜査をやめた。とにかく、もうなんの意味もなくなったのだから」

ボッシュはその名前を知っていた。ドミニク・〝バットマン〟・ブティーノは、ロサンジェルスに商売上の関心を抱いているラスベガス出身の有名な組織犯罪グループの一員だった。ボッシュは、ガスタフスンとレイエスが正確になにをおこなったのか、いまやはっきりわかっていた。彼らはDNAをハーシュタットによるモンゴメリー殺害に直接結びつけた。彼らはなにかを開示書類に加えるつもりはなかった——司法機関公認のギャング構成員を——そんなことをすれば弁護側に陪審の注意をそらすあらたな手札を与えてしまうだろう。

刑事たちはハラーに第三者有責の可能性の主張をさせたくなかった。モンゴメリーの地位を脅かし、訴えた弁護士であり、勤務先の法律事務所は悪名高い組織犯罪の大物を顧客にしている、そんな人物を指摘されたくなかった。ブティーノのあだ名はスーパーヒーローに由来するのではなく、借金の取り立てをする際に野球バットを使ったと言われていることから来ていた。

警官による古典的な非開示行動だった。そしてそれが故意ではないにせよ、真の殺害犯を隠してしまったのかもしれない。

「なにが？」レイエスが問い返す。

「その法律事務所のどの弁護士がブティーノの代理人を務めていたんだ？」

「ウイリアム・マイケルスン」

事務所の設立パートナーのひとり。ボッシュはそれをメモに書き取った。

「じゃあ、この件で一度もマンリーと話をしなかったのか？」ボッシュは訊いた。

「その必要がなかったんだ」レイエスが答えた。

「自分が見られていることを、自分が容疑者であることをマンリーはまったく知らなかったのか？」

「ああ、なぜなら彼は容疑者じゃなかったからだ。彼は五分間だけ参考人だった。あんたはおれたちがこの件でへまをしたみたいにふるまっているが、おれたちはへまをしていない。DNAが合致したんだ。容疑者は現場近くにいたことが記録されている。それに自供も手に入れた。おれたちがクレイトン・マンリーに一分でも費やすつもりだったと、あんたは少しでも思うか？　よく考えてみろ、ボッシュ」

ボッシュは必要なものを手に入れたが、レイエスになにか言い返さずにこの電話を終えることができなかった。

「あのな、レイエス、さっききみが言ったのはそのとおりだ」ボッシュは言った。「殺人犯が自由の身になっている。だけど、それはおれがしたことのせいじゃない」

ボッシュは電話を切った。

BALLARD

33

バラードは〈デュランズ〉から四ブロック離れたところにあるクレンショー大通りのガソリンスタンドでボッシュと落ち合った。バラードは自分のヴァンを運転し、ボッシュも自分のチェロキーを運転していた。人目を引くのを避けるため、バラードはパドルボードをヴァンのなかに入れていた。ふたりは運転席側の窓が向かい合うように隣り合って、車を停めた。ボッシュは刑事としての格好をしていた。ジャケットにネクタイというでたちだ。バラードはドレスダウンをして、ドジャースのキャップとスエットシャツにジーンズという姿だった。髪の毛はパドリングのあとに浴びたシャワーでまだ湿っていた。

「われわれの計画はどんなの?」バラードが訊いた。

「きみが計画を立てると思っていたぞ」ボッシュは言った。

バラードは笑い声を上げた。

「実を言うと、昨夜は一晩がかりの事件に関わって、計画を立てる時間があまりなかったんだ」バラードは言った。「でも、いい知らせがある」

「それはなんだ？」ボッシュは訊いた。

「マーセル・デュプリーは三年間養育費を払っておらず、判事がそれについて彼と話をしたいと思っている。彼には重罪の逮捕状が出ている」

「それは役に立つな」

「だから、なにをすべきだと思う？」

「きみはその店に以前いったことがあるんだろ？　どんなしつらえになってる？」

「一度だけよ。市内で最高のフライドチキンを出す店となにかで読んだんだ。それにピーチコブラーを。なので、見にいったの。カウンターで料理を出す店のようだった——列に並んで、ほしいものを注文し、それをトレイに載せて、座る場所を探す。あふれた客用の部屋があった。たぶんきょうは一時には使われているでしょう。その時間にランチタイムが終わる」

「電波が必要だ。おれが必要になった場合に備えて。われわれには無線がない」

「このあとデュプリーを逮捕したい場合に備えて、ローヴァーを持ってきている」

バラードは無線をボッシュに手渡した。

「なにかがほんとうにまずい状況になって、通報しなきゃならない場合に備えて、それを持っていて。コードは覚えている？」

「もちろん。コード3――警察官が応援を必要としている。だが、まずい状況にならない場合はどうする？　われわれはなにをするんだ？」

「そうね、わたしはひとりで入っていく。たいていの客はひとりきりで、それぞれの携帯電話を見ている。わたしは逐一あなたにショートメッセージを送り、もし警察に連絡を入れてもらわなきゃならなくなったらコード3を送る」

ボッシュは次に口をひらくまえにあれこれ考えた。

「あの店に入ったらすぐ、携帯電話を取りだして、おれにハローとメッセージを送ってくれ。そうしたら、電波が届いているとわかる」ボッシュは言った。「だが、おれの質問は、きみがあそこでなにを達成したいと願っているのかということだ。連中の会話を盗み聞きし、キッドの様子を見たいだけなのか？」

「そうね、彼を見てみたい」バラードは言った。「それに運がよくて、近くにいられたら、なにか聞けるかもしれない。携帯電話を録音モードにしておくけど、期待できないのはわかってる。キッドがパニックに陥っているかどうか確かめたい。もしそうなら、それを利用して次のステップに進み、彼がどう反応するのか確かめるため、本気でビビらせてみる。デュプリーも絞ることができる」

「いつ？」

「ひょっとしたらランチのすぐあとで。あなたは刑事の格好をしている。わたしは潜入警官の格好。もしかしたらサウス方面隊に連絡し、デュプリーの車を停止させるため制服警官をふたり呼び寄せ、それから彼をサウス方面隊に連行して、取調室を借りるかも」

「店内のテーブルどうしは近いのか？」

「そんなに近くないな。もし自分たちのすぐそばにほかの客が座っていると知っていたら、あの店を選ばなかったでしょう」

ボッシュはうなずいた。

「わかった、どうなるか確かめよう」ボッシュは言った。「電波が来ているのかわかるよう、ショートメッセージをおれに送るのを忘れるな」

「たんなるファーストステップよ」バラードは言った。「自分たちがだれを相手にしているのか見てみたいだけ」

「わかった、気をつけて」

「あなたもね」

バラードは車を発進させた。ダッシュボードの時計を確認したところ、十二時四十五分だった。クレンショー大通りでUターンすると、レストランに向かって戻っていく。店は賑《にぎ》わっており、店舗の真正面には駐車スペースがなかった。バラードは半ブロック離れたところで縁石に車を寄せて停め、ヴァンから降りるまえにボッシュにショートメッセージを送った。

なかに入る。

バラードは車を降り、バックパックのストラップを肩にかけ、レストランに歩いていった。銃と手錠はバックパックのなかに入れていた。

午後一時ちょうどに〈デュランズ〉に入り、たちまち美味しい料理の匂いに襲われた。潜伏警官の絵姿を完成させるためには、なにか食べなければならないだろう、とふいに思い当たった。まわりを見まわす。レストランの正面の部屋にあるテーブルはすべて埋まっていて、カウンターに沿って並んで待ち料理を受け取ろうとしている客の列があった。友人を探しているふりをしながら、バラードは右手にあるあふれた客用の部屋を確認した。そこには空いたテーブルがあった。四人掛けテーブルにひとりだけで座っている男が目に入り、バラードは急に立ち止まった。男は携帯でメールを打っていた。それがマーセル・デュプリーだと確信した。丸い頭だったが、いまはもじゃもじゃの髪の毛のかわりに編み込みにしていた。目のまえには料理も飲み物も置いていない。完璧にクリップ団の青色を身につけている。ひらたいひさしのドジャースのキャップにいたるまで。注文せずにエルヴィン・キッドを待っているようだった。

その部屋は細長く、右側に四人掛けテーブルが並んでおり、左側には二人掛けテーブルが並んでいた。デュプリーの四人掛けテーブルと通路を隔てた向かい側にあるテーブルにはすでに一組のカップルが座っていた。奥の二人掛け席も同様に客が座っていたが、三番めは空いていた。バラードはそこに座ると、デュプリーの向かいに座るのがだれであれ、はっきり見ることができるのを悟った。

バラードは通路を歩き、デュプリーの横を通って、空いているテーブルに向かった。椅子の背にバックパックを吊《つ》り下《さ》げ、ヴァンのキーをテーブルに落とすと、通路を隔てた向かいの三人の若い女性が座っている四人掛けテーブルのほうを向いた。

「すみません、食べ物を取りにいっているあいだ、荷物を見ていてくれませんか？」バラードは訊いた。「長くはかからないと思います。列はそれほど長くなかったので」

「ええ、いいですよ」女性たちのひとりが言った。「ごゆっくり」

「すぐに済ませます」

「お気になさらずに」

バラードはメインダイニングルームに戻り、列に並んだ。待っているあいだ、ドアから目を離さず、キッドが来るかどうかを確かめようとした。一瞬だけ視線を外して、デュプリーだけが建物のなかにいる、とボッシュにショートメッセージを送った。ボッシュは返事を返してきて、ガソリンスタンドを離れ、レストランにかなり近いところまで来たと告げた。デュプリーの近くにいるのかどうか、ボッシュが訊いてきたので、バラードは返信した。

監視できる近くのテーブルを押さえた。

ボッシュの返事は即座に来た。

くれぐれも注意のこと。

バラードは返事をしなかった。料理を注文する順番がまわってきた。バラードはフライドチキンとコラードグリーンとピーチコブラーを注文した。デュプリーとキッドがテーブルについているあいだ、いま押さえたテーブルに座っていられるくらいたっぷりと料理を置いておきたかった。バラードが代金を払い、トレイを持って隣の部屋に戻ると、デュプリーがあらたな黒人男性とテーブルで向かい合っているのを見た。剃《そ》り上げた頭がおそらくキッドであろうとバラードに告げた。彼がレストランに入ってくるのを見ておらず、裏にも出入り口があるのかもしれないと推測した。トレイを持って、ふたりの横を通り過ぎ、自分のテーブルに運ぶと、デュプリーと相対している男性の斜めまえになるよう座った。

バラードはさりげなく盗み見て、キッドであることを確認した。携帯電話を取りだし、画面でなにかを見たり、自撮りをしたりしているような角度に支え持つと、デュプリーとキッドのビデオを撮りはじめた。

数秒後、バラードはビデオ撮影をやめ、ボッシュにショートメッセージを送った。

彼の反応は迅速だった。

それ以上近づくな！

それで、バラードはすぐに返信した。

了解！

バラードはビデオ録画を再開したが、携帯電話を一ヵ所に固定して持つことはしなかった。そんなことをすればバレてしまいかねない。料理を食べ、電子メールを読んでいるふりをつづけ、ときどき携帯電話をテーブルの上に置いたり、画面上のなにかをよく見ようとしているかのように掲げたりした。その間ずっと録画をつづけていた。

ふたつのテーブル間の距離のせいで、バラードはキッドが口にした言葉をほんのわずかしか聞き取れず、デュプリーの言葉はまったく聞こえなかった。ふたりの男は低いトーンで話していて、ときおり、一言二言がキッドの口から聞こえてきた。しかしながら、キッドが仮になにかに怒っていなくとも、昂奮しているのは、その物腰から明白だった。ある時点で、キッドはテーブルに一本の指を強く叩《たた》きつけ、バラードは彼が「おれは冗談を言ってるんじゃない」と言うのを聞き取った。

キッドは食事の音や会話、室内に流れるＢＧＭがあっても聞こえてくる、抑えた怒りの口調で言った。

その時点でバラードは携帯電話をテーブルの上の砂糖缶にもたれさせた。携帯電話はまるでバラードが読書をしているか、なにかを見ているかのような角度に傾いていたが、実際には、キッドの姿をローアングルで撮影していた。音声も拾いあげていてくれればいいのだが、と願う。

キッドはふたたび声を低くして、デュプリーに話しかけつづけた。すると、言葉の途中で、キッドがテーブルから立ち上がり、バラードのいるほうへ歩いてきた。

バラードはもしキッドがこの携帯電話の画面を見たら、デュプリーとの会合を記録しているのがバレてしまう、とすばやく悟った。バラードが携帯電話をつかみ、画面を消したのと同時にキッドが彼女のテーブルにたどり着いた。

キッドはそばを通り過ぎていった。

バラードは待ち、振り返ってキッドがどこに向かうのか見たいと思ったが、そのリスクは冒さないことにした。

すると、デュプリーが立ち上がり、メインルームとレストランの正面のドアに向かって通路を進んでいくのが見えた。歩きながらスエットパンツのサイドポケットに封筒を押しこむのが見えた。

バラードはゆっくり五つ数えてから、振り返って背後を見た。キッドの姿はどこにも見えなかった。奥に廊下があって洗面所の標識がついていた。バラードは急いでボッシュにショートメッセージを送った。

　エルヴィンがこの建物を出ていった。デュプリーは正面から出ていこうとしている。青のスエット、ドジャースのキャップ、彼から離れないで。

　バラードは立ち上がり、キッドが姿を消した方向に向かった。奥の廊下の突き当たりにはドアが三枚あった——二枚が洗面所で、一枚は裏の出入り口だった。バラードは三枚目のドアを数センチほど押しあけたが、なにも見えなかった。さらにドアをあけたところ、**キッド建設**の文字がドアに記された白いピックアップ・トラックが路地を進んでいくのが見えた。バラードは踵《きびす》を返し、レストランの正面に急いで戻りながら、ボッシュに電話をかけた。

「エルヴィンが建物を出ていっただと——ほんとか？」ボッシュは訊いた。

「ちょっとお洒落《しゃれ》だと思ったんだ（「エルヴィスがこの建物を出ていった」というエルヴィス・プレスリーに関する逸話からうまれた「もうショーは終わった」という意味の慣用句をもじっている）」バラードは言った。「デュプリーはどこ？」

「あいつは通りに停めた車のなかに座って、電話をかけている。キッドはどこだ？」

「リアルトに戻ろうとしていると思う」

「なにかつかんだか？」

「確かなことはわからない。そばにはいたけど、ふたりは小声で話していたんだ。だけど、ひとつ確実に言えることがある。キッドは怒っていた。それはわかった」

バラードは足取りを緩め、レストランから出たときには、のほほんとして見えるようにふるまった。

「次はどう動く？」ボッシュは訊いた。

「デュプリーから離れない」バラードは言った。「わたしのヴァンに戻り、携帯になにが入っているか確かめてみたい」

「了解」

「キッドはデュプリーになにか渡したと思う。それを手に入れられるかどうか確かめたい」

「録画していたのか？」

「とりあえずやってみた。まず確認させて。すぐに連絡する」

バラードは電話を切り、十秒後、自分のヴァンに戻っていた。

バラードは座って、自分が撮影したビデオを見た。再生は飛び飛びだったが、画面はキッドを捉えており、ときどきデュプリーの横顔が映っていた。音量を最大にしても、キッドが声を荒らげるまで――「おれは冗談を言ってるんじゃない」ははっきり、明確に聞こえた――なにが言われているのか聞き取ることはできなかった。

そののち、キッドがテーブルから立ち上がり、カメラに向かって歩きだしたのを見た。彼の体が部分的に画面を隠しており、バラードがカメラを切ろうとして携帯電話をつかむと、フレームが揺れた。録画が終わるほんの少しまえ、キッドが画面からいなくなり、彼が立ち去ったばかりのテーブルが映った。赤と白のチェック柄のテーブルクロスの上、キッドがいなくなった場所のまえに白い封筒が置かれていた。畳まれてテーブルにセッティングされたナプキンのように見えた。

ビデオは終了したが、バラードはデュプリーが封筒を手に取ったのを知っていた。

バラードはボッシュにかけ直した。

「キッドはデュプリーにお金を渡したんだと思う。キッドはテーブルに封筒を置き、デュプリーはそれを受け取っている」

「なんのための金だ？」

「本人に訊いてみましょう」

34

バラードはサウス方面隊の刑事部の指揮官に連絡し、自分が何者か説明し、地元の人間と話をするのに借りられる取調室はあるか訊ねた。警部補はこの時間、すべての取調室が空いており、好きに選ぶがいい、と言った。バラードはボッシュにかけ直し、用意が整ったと伝えた。

「ひとつだけ問題がある」ボッシュは言った。

「それはなに？」バラードが問い返す。

「おれは警官じゃない。きみと被拘束者といっしょにそこに通してくれないだろう」

「ちょっと、ハリー——だれかが警官と言ったら、それはあなたのこと。だけど、車に杖《つえ》を置いとけない？」

「持ってきてもいない」

「けっこう、じゃあ、問題ない。いまどこにいるの？　デュプリーに停車をさせるための連絡を入れるのにローヴァーが要る」

「きみのヴァンが見えている。そこで落ち合おう」

「デュプリーはまだ動いていない？」

「まだ電話をかけている。その電話は折り畳み式携帯だとわかる」

「使い捨て《バーナー》ね。完璧。なにをやろうとしているんだろう」

「だれかに盗聴を担当させておくべきだったな」

「だけど、だれも担当していないし、それに、キッドと話しているとは思えない。いまさっき彼と別れたところだもの。もう話は済んでいるはず」

「了解」

バラードは待った。すぐにボッシュがバラードの車の隣に自分の車を停め、窓越しにローヴァーを渡した。バラードはパトロール・ユニットにデュプリーがまだ車を停めている角で落ち合おうと連絡した。

パトロール・ユニットが別の通報から解放されて到着するまで二十分かかった。その間ずっとデュプリーは車のなかにいて、携帯電話を使っていた。バラードはバッジを握った手を振ってパトカーを停止させ、身を屈《かが》めて、なかにいるふたりの制服警官を覗《のぞ》きこんだ。

「どうも。ハリウッド分署のバラードよ」

パトカーの運転手が話を担当した。彼は半袖を着ていたが、左の前腕に三本の年功袖章がタトゥで入っていた。真剣にそれをやっているベテランのパトロール警官だ。もうひとりの制服警官は、この仕事に就いて何年も経っているような年齢には見えない黒人女性だった。

「あなたたちはマーセル・デュプリーを知ってる？　ローリング・シクスティーズの」

ふたりとも首を横に振った。

「オーケイ、では、地味な黒いクライスラー３００をこの先のブロックに停めているのが彼。わたしが言ってる車が見える？」

運転手の名札には、デヴリンとあった。バラードは永年のあいだに彼が獲得したあだ名が推測できた。

「見える」デヴリンは言った。

「オーケイ、彼には養育費不払いの逮捕状が出ている」バラードは言った。「そこがわれわれの付け目。彼を逮捕し、サウス方面隊へ連行し、部屋に放りこんで。そこからはわたしが引き受ける」

「武器は?」

「わからない。車の外にいるあいつを見かけたけど、武器を携行しているようには見えなかった。だけど、武器使用の逮捕歴があるので、車のなかに置いているかもしれない。正直言って、置いていてほしいもんだけど。そうしたら、具体的に取り組める罪状があることになる。それにたったいま使い捨て携帯で電話をかけている。その電話が欲しい」

「了解した。いますぐか?」

「つかまえて。気をつけてね。ああ、もうひとつ——あいつを引っ張りだしたら、車のドアを閉めさせないで」

「了解だ」

バラードはうしろに退き、パトカーは出発した。バラードは足早に自分のヴァンに向かった。そこにはボッシュが待っていた。ふたりはヴァンに乗り、車の流れに入った。Uターンをすると、怒りのクラクションがいっせいに鳴った。バラードは非常灯を点灯させ、スピードを上げて道路を進み、パトカーのうしろで車を停めた。パトカーはデュプリーのクライスラーの後部に角度をつけて停まっており、車でデュプリーが逃げ出そうとしても、パトカーか前方に駐車している車にぶつからずに動かすのは困難なようにしていた。

　デヴリンは運転席側のドアの横に立ち、あいた窓越しにデュプリーに話しかけていた。彼のパートナーは車の反対側にいて、ホルスターに入れた武器に手を置き、いつでも抜ける構えをしていた。

　バラードとボッシュはヴァンのなかに留まり、必要が生じたら対応できるようにして、見守っていた。

「あなたは携行してる？」バラードは訊いた。

「いいや」ボッシュは答えた。

「もし必要なら、ダッシュボードの下のグラヴ・ボックスの奥に予備の銃が入っている。下へ手を伸ばさないとだめだけど」

「すばらしい。了解した」

　だが、デヴリンは、車から降りて両手を車の屋根に置くよう、デュプリーを説得した。デヴリンのパートナーが車をまわりこんでやってきて、後部座席のドアのそばに立つと、デヴリンは近づいて、デュプリーに手錠をかけた。片方ずつ屋根から手を離すようにさせながら。そののち、デヴリンはデュプリーのポケットを探り、使い捨て携帯、財布、白い封筒を見つけるたびに屋根に置いた。

現場を車で通りかかった何人もがクラクションを鳴らした。あらたな白人警官による黒人男性の逮捕に抗議をしているようだった。

デュプリー自身はなにも抗議しているようではなかった。バラードにわかる範囲では、デュプリーは車を降りてから一言もしゃべっていない。バラードは、デュプリーがパトカーの後ろドアに連れていかれ、後部座席に乗せられるのを見つめていた。

容疑者が確保されると、バラードとボッシュはヴァンから姿を現し、クライスラーに近づいた。運転手側のドアがまだあいていた。

「もし銃を置いているなら、運転手席から手の届く範囲にあるだろう」ボッシュが言った。「だが、きみが捜すべきだ、おれじゃなく」

「そうする」バラードが答えた。

だが、まず、バラードはデヴリンとパートナーのところに歩いていった。

「彼をサウス方面隊に連行し、刑事部の部屋に放りこんで」バラードは言った。「ランディージ警部補と話をして、許可をもらってる。わたしたちは車を調べてから、ロックし、そっちへ向かう」

「了解した」デヴリンは言った。「あんたと仕事ができて嬉《うれ》しいよ」

「ご協力に感謝します」

ふたりの制服警官はパトカーに乗り、デュプリーを連れて出発した。バラードはクライスラーに近づいた。歩きながら手袋をパチンとはめる。

「令状の心配をしてたのか？」ボッシュは訊いた。

「いいえ」バラードは答える。「運転者はドアをあけっぱなしにしており、銃による暴行の前科がある。もしここに武器があるのなら、公共の安全の問題が生じている。〝合法的逮捕に付随する捜索〟として有効だと思う」

バラードは公共の安全が問題になっている場合に車両捜索を許容する法的見解を引用していた。

バラードはあいているドアから運転席を覗きこんだ。最初に確認したのは、センター・コンソールの収納スペースだったが、武器はなかった。さらに身を乗りだし、グラヴ・ボックスを調べた。なにもない。

バラードは身を低くして、運転席の下に手を伸ばした。床にはなにもなかった。そこから上に向かって手探りで座席のスプリングと電子制御装置のあたりを調べると、拳銃の銃把のような感じがする物に手が触れた。

「なにか見つけた」バラードはボッシュに告げた。

強く引っ張ると、テープが外れるのがわかった。座席の下から小型の拳銃を取り外した。まだ黒いテープが付いていた。

「そうこなくちゃ」バラードは言った。

バラードは車の屋根に銃を置き、デュプリーの身体検査で見つかったほかの品物といっしょにした。携帯電話を手に取り、親指で画面をひらく。その画面に、２１３のエリアコードではじまる電話をデュプリーが受け損なったのが記されていた。その番号にバラードはなんとなく覚えがあるような気がした。それはほんの数分まえ、デュプリーが逮捕されていたときにかかってきたものだった。バラードは自分の携帯電話を取りだし、その番号にかけた。それはすぐに録音音声に繋《つな》がり、着信を受けつけないロサンジェルス郡の番号である、と告げた。

「それはなんだ？」ボッシュが訊いた。

彼はバラードの隣に来ていた。

「デュプリーは着信を受けつけない郡の回線からの電話を受け損なった」バラードは言った。「発信しかできないんだ」

「男性中央拘置所からだな」ボッシュは言った。「何者かが監獄からデュプリーに電話をかけてきたんだ」

バラードはうなずいた。それが正しいようだった。携帯電話はパスワードで保護されていないようだった。バラードはデュプリーが逮捕されるまえにだれと話していたのか知りたかったが、令状抜きで通話記録リストを調べてこの件を危険にさらしたくはなかった。

「封筒のなかにはなにが入っている？」ボッシュは訊いた。

バラードは携帯電話を閉じ、車の屋根に戻した。それから封筒を手に取った。封がされていなかった。バラードは封筒をあけ、なかに入っている札束を親指で数えた。

「百ドル紙幣が三十枚」バラードは言った。「キッドはデュプリーに金を払って――」

「だれかを殺させようとした」ボッシュは言った。「きみは男性中央拘置所に連絡して、ディナード・ドーシーを可能なかぎり早く保護拘置させなければならん。います ぐ電話しろ」

バラードは封筒を車の屋根に放りだし、自分の携帯電話を再度抜き取った。被収監者の聴取を設定したいときのために入れておいた男性中央拘置所の番号にかける。バラードが入れているのはその番号だけだった。運がよかった。バレンズ保安官補がその電話に出た。

「バレンズ、バラードよ。わたしは二、三日まえに、ディナード・ドーシーという名前のクリップ団棟に収容されている男と話しにそこへいった。覚えている？」

「ああ、覚えてるよ。きみみたいな人間はここにはあまり来ないから」

バラードはそのコメントを無視した。緊急事態なのだ。

「聞いてちょうだい」バラードは言った。「そのときの会話でなにかを刺激してしまったの。あなたは急いで保護拘置措置をドーシーに講じないとならない。だれも彼に近づけないようにするの。わかった？」

「ああ、わかったが、そのためには上からの命令が必要だ。おれの一存じゃ――」

「バレンズ、聞いてないのね。これは緊急を要するの。殺しの指令がドーシーに出され、それはいつ起こっても不思議じゃない。あなたになにが必要かはどうでもいい。ただちに棟から彼を連れだして。さもなきゃ、彼は処刑されてしまう」

「わかった、わかった、なにができるか確かめさせてくれ。あいつを面会室に連れていき、きみが戻ってくると伝えようか。その間に転房手続きに取り組むとしよう」

「いいわ、やって。もっとわかったら電話をかけなおす」

バラードは電話を切って、ボッシュを見た。

「とにかくドーシーの身柄を確保してくれるみたい」バラードは言った。「少ししたら電話をかけなおして確認するわ」

「けっこう」ボッシュは言った。「さて、デュプリーがその件でなにを話してくれるのか、確かめにいこう」

35

バラードとボッシュは、コーヒーを飲みながら、バラードがどう聴取をおこなうべきかの計画を立てているあいだ、デュプリーをサウス方面隊の取調室で疑心暗鬼に陥らせておいた。聴取をするのはバラードでなくてはならないことにふたりは同意した。ボッシュにはなんの警察権力もなかった。もしこの聴取が法廷で審理される一部になる場合、現役の法執行職員以外からデュプリーが聴取されたことが明らかになれば、諸々を崩壊せしめかねなかった。

バラードがデュプリーの向かい側に座り、ふとともに携帯電話を置いて、下を向けばボッシュからのメッセージを見られるようにするということでふたりは合意した。ボッシュは刑事部屋のビデオ室にいて、リアルタイムで聴取を見るようにする。

デュプリーが取調室に入れられてから一時間後、バラードはなかに入った。男性中央拘置所のバレンズ保安官補から、ディナード・ドーシーはクリップ団の棟から離され、無事に保護隔離措置が取られた、という連絡をバラードとボッシュはいましがた受けたところだった。また、同棟の二台の公衆電話からの発信記録を見直したところ、デュプリーの使い捨て携帯に残っていた受け損なった着信と同時刻に、クリントン・タウンズという名の被収監者がコレクトコールをかけていたのが明らかになった、とバレンズはふたりの刑事に伝えた。

バラードはデュプリーに口を割らせるのに必要なものを全部揃《そろ》えたと自信を持っていた。権利放棄書とデュプリーの逮捕で押収された現金が入っている封筒をなかに入れた大きな証拠保管封筒を手に、バラードは取調室に入った。

デュプリーは後ろ手に、床に固定されている椅子に手錠でくくりつけられていた。室内は彼の体臭で饐《す》えたにおいがしていた。彼が神経質になっている証拠だった――拘束されている人間がだれでもそうなるように。

「これはなんだ？」デュプリーは訊いた。「養育費不払いくらいでこんなふうに拘束するのかよ？」

「そこまではしないな、マーセル」バラードは言った。「養育費不払いの件であなたを拘束したけど、これはその件じゃなく、あなたもそれをわかっているはず」

バラードの顔に見覚えがあるとデュプリーはふいに気づいた。

「あんた」デュプリーは言った。「〈デュランズ〉で見かけたぞ」

「そのとおり」バラードは椅子を引きだすと、テーブルを挟んでデュプリーの向かいに腰を下ろした。「あなたとキッドが話した内容を全部聞いたわけじゃない。だけど、いろいろ聞こえてきた」

「いいや、なにひとつ聞こえなかったはずだ。おれたちは注意していた」

バラードは携帯電話をベルトから外して掲げ、相手に見えるようにした。

「ここに全部ある」バラードは言った。「うちの技術部門の音声解析能力は驚くようなものだよ。囁《ささや》き声《ごえ》ですら拾い上げる。だから、なんの話なのか、いずれわかる。でも、それは重要なことじゃない」

バラードは相手から画面が見えないように携帯電話を自分のふとももに置いた。

「わたしはあなたの状況がどういうもので、どうすればあなたを助けられるか、あなたが自分を助けられるかを説明しにきた」バラードは言った。「だけど、マーセル、そうするには、あなたは自分の権利を放棄して、わたしと話をしないとならない」

「おれはケーサツにはしゃべらん」デュプリーは言った。「それになんの権利も放棄しない」

それは好都合だった。デュプリーは魔法の言葉――**弁護士を呼んでくれ**――を口にしなかった。そして彼がその言葉を口にするまで、話をするのがもっとも自分の利益になるんだとデュプリーに確信させるようバラードは取り組めた。

「マーセル、あなたはドジったの。あなたの車のなかに銃が見つかった」

「銃なんてなにも知らねえぞ」

「スミス&ウェッスン九ミリだっけ？　サテン仕上げ？　ここに持ってきてあなたに見せたいんだけど、それは規則違反なの」

「そんな銃は見たことがない」

「だけど、あなたが二時間まえに逮捕されたときあなたが座っていた座席の下に隠されていたんだ。だから見たことがないという主張をつづけてもいいけど、その主張は墜落炎上してしまうでしょうね――そしてあなたは二度重罪の有罪判決を受けているわね、マーセル。それはたんなる火器の違法所持で五年は檻《おり》のなかに入ることを意味するの」

バラードはその話を相手に染みこませた。デュプリーは敵意をこめて首を振った。

「あんたらが仕込んだんだ」デュプリーは言った。

「その言い逃れも見たことがないというのとおなじ程度の力しかないよ」バラードは言った。「賢くなりなさい、マーセル。わたしがあなたのためになにができるのか、よく聞いて」

「ファック。失《う》せろ」

「こういうふうに助けてあげられるんだ。見逃してあげることすらできる。だけど、これは取引なの、マーセル。あなたにはわたしに協力してもらわないとならない。さもなければ、ここでおしまいにして、銃の不法所持やら、なんであれ付け足せるものはなんでも付け足して、送検する。それがいまここにある選択肢」

バラードは待った。デュプリーはなにも言わなかった。バラードはミランダ警告を読み上げはじめた。デュプリーがそれを中断させた。

「わかった、わかった。話すよ。だけど、文書にしてくれ」

「最後まで読み上げさせて。それから権利放棄書に署名してもらわないと」

バラードはミランダ警告を最初から読み上げ直した。将来、不適切な助言に対する抗議をどんな弁護士にもしてもらいたくなかった。読み上げ終えると、バラードはデュプリーに右利きか、左利きか訊ねた。

「右だ」

「オーケイ、あなたの右手の手錠を外すので、署名して。わたしに攻撃を仕掛けたくなったら、そのドアの向こう側で四人の職員がこのやりとりを監視していることを思い出して。わたしを傷つけようとしたら、あなたは二度と恢復《かいふく》できない形で傷つけられるからね。理解した？」

「ああ、了解だ。さあ、さっさと済ませようぜ。そのマザーファッキンな書類にサインさせてくれ」

バラードは権利放棄書とペンをデュプリーのまえに置いた。それから立ち上がり、デュプリーの背後にまわりこむと、右の手首の手錠を外し、外れた手錠を椅子の背もたれの中央にある横棒にはめた。バラードはデュプリーのうしろから動かなかった。

「さあ、署名して。それから右手をこっちへ戻して」

デュプリーは書類に署名し、言われたとおりにした。バラードはおなじ過程を逆回しにおこない、ふたたびデュプリーに手錠をかけると、自分の席に戻った。携帯電話をふとももに戻す。

「さあ、今度はそっちが書類にサインしろよ」デュプリーは言った。「おれの助けになるよう銃の容疑を外すと書いてくれ」

バラードは首を横に振った。

「あなたはわたしの助けになるようなことをなにもしてくれていない」バラードは言った。「協力してくれたら、地区検事局に文書にさせる。それが取引。イエスそれともノー？　いいかげん忍耐心が切れそうなんだけど」

デュプリーは首を横に振った。

「おれがヘマこいたのはわかってる」デュプリーは言った。「さっさと訊いてくれ」

「オーケイ、いい態度だ」バラードは言った。「まず、エルヴィン・キッドに盗聴を仕掛けていることをあなたに知ってもらうことからはじめたいんだ、マーセル——キッドの電話での会話とテキストのやりとりのすべてを。あなたに出されたショートメッセージをわたしたちはつかんでいたの。きょう〈デュランズ〉で会合を持つということをね。わたしたちはあなたにあそこで彼に会わせ、その結果がこれ」

バラードは証拠保管封筒をあけ、現金が詰まった封筒を滑りださせた。

「彼は男性中央拘置所でだれかを襲わせるためにあなたを雇い、あなたはその手配をすることに同意した。現時点で、銃の容疑の上に殺人の共謀の容疑も加わっている。だから、こちらがあなたのことをより好きになるようななにかを提供しないことには、二度と出てこられない底なしの穴にあなたははいるの。おわかり？　こういうことなの」

「なにが望みなんだ？」

「話を聞かせて。キッドはだれを殺したかったのか、その理由はなにか、話して。それを止めさせるには名前が必要。もし手遅れだとしたら、あなたにとっても手遅れなんだから。取引はなくなり、あなたはおしまい」

「Dスクエアードという名のやつだ」

「それはなんの役にも立たない。Dスクエアードとはだれなの？」

「おれはそいつのファーストネームも知らないんだぞ。ラストネームはドーシーだ。あのハイスクールみたいな名前だ（ロサンジェルスにあるスーザン・ミラー・ドーシー・シニア・ハイスクールのことか？）」

「あなたは〈デュランズ〉の外で車から電話をかけていた。あなたがこの計画を動かしたんでしょ？」

「いいや、おれはたんに友だちに電話していただけだ」

「クリントン・タウンズ？　それがあなたの友だち？」

「どういうこった？」

「言ったでしょ。わたしたちは最初から盗聴していたの。ドーシーのことを知っていたし、タウンズのことも知ってる。だけど、それでも殺人の共謀であることに変わりはないし、それに比べればあなたの銃の不法所持は、公園の散歩みたいなもの。共謀によって、仮釈放なしの終身刑まであなたの量刑は跳ね上がったんだ、マーセル。それをわかってる？」

「マザーファッカーども、おれをはめたな」

「そのとおり――そしていまとなればあなたには光にいたる道がひとつだけあるの、マーセル。それは実質的協力と呼ばれている。つまり、わたしに知っていることを全部話すということ。あなたの知っていることを全部。まず、なぜエルヴィン・キッドがDスクエアードを暗殺させたがったのか話すことからはじめて」

デュプリーは首を横に振った。

「わからん――キッドは言わなかった」デュプリーは言った。「たんにそいつを処理したいとだけ言ったんだ」

バラードはテーブルに身を乗りだした。

「エルヴィン・キッドは引退した人間」バラードは言った。「彼はゲームから外れた。リアルトでクソッタレな建設会社を経営している。なにかまともな理由がなければ、あなたたちは男性中央拘置所にいる自分たちの仲間のひとりを三千ドルで暗殺させやしない。だから、もしここで自分を助けたいのなら、質問に答えなさい――キッドはあなたになにを話したの？」

デュプリーの目はテーブルの下に投げかけられた。彼が感じている恐怖が手に取るようにわかった。バラードは、自分の知っていた生活が終わったことを悟った男を見ていた。デュプリーはいまや五十一歳の密告屋であり、彼の知っている世界から永遠にのけ者にされるだろう。彼は暴力的な犯罪者だったが、バラードは気の毒に思った。デュプリーは弱肉強食の世界に生まれ、いまや自分が喰《く》われる側になっていた。

「キッドが言うには、そいつは昔から逆らってきたんだが、いまや問題になりかけているそうだ」デュプリーは言った。「それだけだ。いいか、もし知ってたら話してるよ。おれは協力しているんだが、知らないんだ。キッドはそいつを暗殺させたがった、その金を払った、そしてキッドみたいな古株相手だと、おれは質問したりしないんだ」

「じゃあ、なぜキッドは〈デュランズ〉であなたに腹を立てたの？　声を荒らげていた」

「あいつが怒ったのは、Dスクエアードがあいつと話せるようにあいつの電話番号をおれが教えたからだ。Dは昔、あのブロック界隈《かいわい》でキッドの手下だったから、問題ないと思ったんだ。またいっしょに商売かなにかやってるものと思ったんだ。おれは知らなかった。おれはヘマをして、番号を教えてしまった。E‐Kはそれを怒っていた」

「じゃあ、〈デュランズ〉のあと、車のなかでかけていた電話はなに？」

「ほら、おれは手配をしなきゃならなかったんだ。おれの手下のタウンズに指示を伝えた」

バラードは男性中央拘置所の各棟から被収監者が外へ電話をかけるのが許されている公衆電話があるものの、単純に外からなかへ電話をかけることはできない、と知っていた。だが、拘置所のなかにメッセージを届けるためのさまざまな方法をギャングが用いていることはこれまでもたくさん伝えられてきた。獄中のギャングの母親や妻やガールフレンドや弁護士が、ギャングの用事をなかに伝えることがよくあった。だが、デュプリーがタウンズから受けた電話は、そうした方法を取るにしては、かかってくるのが早すぎたように思える。タウンズは、〈デュランズ〉での会合から三十分以内に、デュプリーに電話をするようにというメッセージを受け取ったようだった。ギャングが拘置所の保安官補を使って、メッセージを受け取らせているという噂がずいぶん昔からあった――脅迫あるいは強要によって保安官補が従っているか、たんに単純な欲望からそうしているのか。

「どうやって内部にその言葉を伝えたの？」バラードは訊いた。

「知ってるやつがいるんだ。そいつがおれのメッセージを伝えてくれる」

「頼むわ、マーセル。どいつなの？　あなたはだれに電話をかけたの？」

「この件はドーシーのことだと思ってたんだが」

「全部に関わっているの。だれがタウンズへのメッセージを受け取ったの？」

バラードはふとももの上で携帯電話が振動するのを感じ、視線を落として、ボッシュからのショートメッセージを読んだ。

その件で時間を無駄にするな。どのみち電話に記録が残っている。先へ進むんだ。

バラードはボッシュの意見が正しいとわかっていたので、いらだった。携帯電話の捜索令状を取れば、〈デュランズ〉のあとでデュプリーがかけた電話番号がわかり、それはメッセージの伝達人につながるだろう。バラードはエルヴィン・キッドに関する話を進める必要があった。

「オーケイ、だれに電話したかはひとまず置いといて」バラードは言った。「タウンズについて話して。彼は拘置所内の殺し屋なの？」

デュプリーは肩をすくめた。それを口に出して認めたがらなかった。

「イエス、それともノー、マーセル？」バラードは迫った。

「ああ、あいつはときどきその手の仕事をこなしている」デュプリーが言った。

「その手のことをするのに上のほうからの承認を得ないといけないの？　ドーシーを暗殺する承認を得るため、だれかに電話をかけるの？」

「一部の人間には話すけど、承認のようなもんじゃない。たんに仕事があり、キッドが金を払うと伝えるだけだ。なあ、この件でおれの面倒を見てくれるんだろ？　さっき言ったように」

「わたしはあなたが捜査に実質的協力をしてくれたと地区検事局に話をする」

「そんなのなんの意味もない。取引をしただろ」

「もしわれわれがキッドを捕らえたら、実質的協力は大いに意味があるものになるわよ」

「このあと証人保護をおれは必要とするだろう」

「それは検討されるでしょうね」

バラードはふとももにあらたな振動を感じ、下を向いて携帯電話を見た。

キッドに電話をかけて、仕事は済んだと言うよう伝えろ。

バラードはうなずいた。それはいい考えだった。あと二日間キッドには盗聴を仕掛けており、その通話を合法的に記録できた。ヒルトン事件への関与を認めるか認めないかはわからないが、殺人の共謀の立件をすることができるだろう。容疑者がひとつの犯罪で有罪だとわかっていても、別の犯罪で逮捕することで妥協する場合があるのをバラードは理解していた。

「あなたにやってもらわなくちゃならないことがもうひとつあるの、マーセル」バラードは言った。「あなたとキッドのあいだで電話をかけてもらうよう手はずを整えるつもり。あなたは彼にドーシーは死んだと伝え、われわれは彼がなんと言うか確認する。そして、あなたはそもそもなぜドーシーを暗殺させたかったんだと訊ねる」

「いいや、そんなことはしないぞ」デュプリーは言った。「実質的協力に関してなにか書いた物を手に入れるまでは」

「またミスをしているよ、マーセル。あなたがそれを書いてもらうために検事を参加させると、先方はあなたのために弁護士を参加させるでしょう。そうなったら、このレベルでわたしたちが扱える以上の大事になってしまう。キッドに対していまの計画を実行するチャンスをわたしたちは失ってしまい、それは『おまえのせいだ、マーセル・デュプリー』になる。それは実質的協力とは正反対のものになる。わたしは殺人の共謀罪であなたを逮捕し、それだけで満足しておうちに帰ることになるんだ」

デュプリーはなにも言わなかった。

「この部屋はくさいな」バラードは言った。「ちょっと外にでかけて新鮮な空気を吸ってくる。戻ってきたら、あなたはわたしたちに自分を起訴させたいのか、エルヴィン・キッドを起訴させたいのか、どっちなのか話してちょうだい」

バラードは立ち上がり、携帯電話をポケットに入れ、封筒を手にすると、テーブルをまわりこんでドアに向かった。

「わかった、やるよ」デュプリーが言った。

バラードはデュプリーを振り返って、うなずいた。

「オーケイ、じゃあ、手配する」

36

　バラードは第三直の平穏なシフトを終えて、土曜日の朝六時に退勤を迎えた。昨夜の大半の時間を、昼間、ヒルトン捜査で起こったさまざまな出来事の詳しいまとめを書いて費やした。この報告書はまだだれにも提出する予定のないものだった。ヒルトン事件に関しては完璧に自分の職務権限を越えて活動しており、承認を得るよりも許しを求めるほうが容易であることを願っていた――とりわけ、エルヴィン・キッドを逮捕したなら。その場合、この要約報告書がただちに必要とされる可能性があった。

　分署を出ると、バラードはヴェニスに向かって車を走らせ、朝靄《あさもや》のなかを短いあいだパドリングした。古い船の船首像のようにボードの先端にローラを座らせて。身支度を整えてから、八時半まで待ち、寝ている人間を起こすことがないよう願いながら、電話をかけた。

　バラードが強盗殺人課に勤務していたころ、だれにでも事件捜査のあらゆる部分で頼りにしている人間がいた——頼りになる科捜の技師、捜索令状を手に入れるため頼りになる判事、助言を与えてくれ、どっちつかず事件《ウォブラー》——法廷で追及するにはかなりの気力と想像力が必要な、重罪か軽罪かどっちともつかない事件——の起訴で頼りになる検察官。バラードの地区検事局での頼りになる人物は、つねにセルマ・ロビンスンだった。重大犯罪課の堅実で怖れを知らぬ検事補。楽勝の事件よりも挑戦しがいのある事件を好んでいる検察官だった。

　深夜勤務の本質は、事件を昼勤の刑事に引き渡すことにあるせいで、バラードはレイトショーに配属になってからこの四年間で地区検事局にはほとんど出かけていなかった。正直言って、セルマ・ロビンスンにいまかけている携帯電話番号がまだ生きているのか、不安だった。

　だが、生きていた。ロビンスンは鋭い、油断のない声で応えた。バラードの携帯電話番号を連絡先リストに載せているのは明白だった。

「レネイ？　へー。元気だった？」

「ええ、元気。起こさなかった？」

「ええ、ずいぶんまえに起きてた。どうしたの？　あなたの声を聞くのは嬉しいな」

「わたしも。ひとつ事件を抱えているの。もし時間があるなら、それについてあなたの意見を聞きたい。わたしはいまヴェニスに住んでいる。あなたの家のほうへいけるし、朝食を奢る。いきなりの話だとわかっているけど――」

「いえ、かまわないわ。なにか食べようとしていたところ。どこで会いたい？」

バラードはロビンスンがサンタモニカ大通りの、大学生通りのひとつに住んでいるのを知っていた。

「〈リトル・ルビーズ〉はどう？」バラードは訊いた。

そのレストランは、オーシャン・アヴェニューを少し外れたサンタモニカ大通りにあり、おたがいにとって都合のいい距離にあった。また犬の同伴が認められている店でもあった。

「九時までにそこにいく」ロビンスンが言った。

「イヤフォンを持ってきて」バラードは言った。「盗聴素材があるの」

「そうする。ローラを連れてきてほしいな」

「あの子もあなたに会いたがってると思う」

バラードが先にレストランに到着し、店の隅に事件を検討するのに多少のプライバシーが得られそうな場所を見つけた。ローラはテーブルの下に向かい、座りこんだが、ロビンスンが到着するとすぐに飛び起きた。ローラは旧友を覚えていた。

ロビンスンは背が高く痩せており、バラードは彼女が髪の毛をショートのアフロ以外にしているところを見たためしがなかった。そのスタイリッシュな髪型でいると、法廷での戦いの用意をするのに毎朝時間の節約になるのだった。ロビンスンは少なくともバラードより十歳は年上であり、彼女のファーストネームには深い歴史がこめられていた。彼女の両親は歴史的なアラバマ州のセルマからモンゴメリーまでの公民権運動の行進中に出会ったのだ。

バラードとロビンスンは短くハグをしたが、検察官はたっぷり一分をかけてローラをべた褒めしてから、腰を下ろし、朝食と犯罪の用事に取りかかった。

「で、電話で話したように、わたしはある事件に取り組んでいるの」バラードは話しはじめた。「そして、わたしが持っているか持っていないか知りたい」

「まあ、まず、聞かせてちょうだい」ロビンスンは言った。「わたしのオフィスにいて、あなたが起訴を求めにきたという態で。わたしを説得して」

できるだけ簡潔にバラードはヒルトン事件の内容を説明し、殺害の細部と、本件が引退した刑事の自宅書斎で埃《ほこり》を被《かぶ》っていた長い期間のことを伝えた。それから、最近おこなった捜査の説明に移り、エルヴィン・キッドにどのように焦点が絞られることになったか、そして殺害の真の動機に関するバラードの見立てを話した。マーセル・

デュプリーを寝返らせ、男性中央拘置所で殺人事件が起こるのを防止し、キッドを永久に表の世界から追放しうる自供を引きだしたことを明かした。だが、バラードが望んでいるのは、ヒルトン事件を解決することであり、デュプリーの協力の下、彼女はそれに迫っていると信じていた。バラードはロビンスンに昨日遅くにデュプリーとキッドとのあいだで交わされた電話での会話の九十秒におよぶ盗聴記録を聞いてくれるよう頼んだ。その盗聴がビリー・ソーントン判事によって正式に認可されていることを保証したうえで。

バラードが盗聴記録を紹介する際にひとつややこしかったのが、電話の男たちの声質がとても似通っており、おなじ街場の俗語を使っているところだった。バラードは、その再生の前置きとして、最初の声がデュプリーのものであり、二番めの声がキッドのものであると繰り返した。ロビンスンはイヤフォンを耳に挿し、バラードのコンピュータにイヤフォンプラグを突き刺した。バラードは盗聴ソフトウェアを起ち上げ、通話を再生した。同時に勤務時間中に作成した会話の書き起こしのコピーを検察官に渡した。

デュプリー　やあ。

キッド　ドッグ。

デュプリー　おれたちが話したあの件だが。全部済んだ。

キッド　そうか？

デュプリー　マザーファッカーはギャングのパラダイスにいった。

キッド　おれはなにも聞いてない。

デュプリー　そりゃリアルトにいればたぶん聞こえないぜ。保安官事務所はムショやなにかで罪人が殺されたなんていうプレスリリースはやるわけない。体裁悪いからな。だけど、もしあんたが望むなら、チェックできるぜ、わがn――。

キッド　どうやって？

デュプリー　検屍局《けんしきょく》に電話するんだ。いまごろそこにやつは届いているだろう。それに、二、三日したら立派なギャング葬をしてやるそうだ。そこに来て、箱に入ってるやつを自分で見たらいい。

キッド　いいや、そんなことはしない。

デュプリー　なるほどな、自分が箱にマザーファッカーを入れたのを見るというのはな。

キッド　そんなクソなことを言うんじゃない、n――。

デュプリー　すまん。とにかく、終わった。おれたちゃもうグッドな関係だよな？
キッド　ああ、グッドだ。
デュプリー　理由を教えてくれる気はないか？　つまり、あのn——は、あの当時、あんたの手下だっただろ。それがいまになってこんなことに。
キッド　あいつはおれにプレッシャーをかけてきたんだ、それだけだ。
デュプリー　なんのプレッシャーだい？
キッド　あの当時、おれがやらなきゃならなかった仕事のひとつだ。おれに金を借りすぎた白人の若造がいたんだ。
デュプリー　はー。その話をやつがいまごろ持ちだしてきたのか？
キッド　サツ《ファイブ・オー》が男性中央拘置所《ボーシェット》にいるやつを訪ねてきて、その件について聴取されたと連絡してきたんだ。聴取のあとでおまえからおれの電話番号を手に入れて、電話をかけてきた。あいつがなりふりかまわなくなっているのがわかった。おれにとってやっかいの元になるだろう、と。
デュプリー　まあ、もうならないがな。
キッド　もうならない。ありがとよ、マイ・ブラザー。

デュプリー　どういたしまして。
キッド　確認するよ。
デュプリー　またな、ドッグ。

その会話が終わるとロビンスンはイヤフォンを引き抜いた。バラードは片手を上げ、相手が質問してくるのを止めた。
「ちょっと待って」バラードは言った。「通話はもうひとつある。キッドがドーシーの死を確認しようとしていたので、わたしたちは検屍局でも手配を整えていたんだ」
次の電話は、エルヴィン・キッドからロサンジェルス郡検屍局へかけられたもので、そこでキッドはクリス・マーサーという名の検屍局調査員と話をした。バラードはロビンスンに二つ目の書き起こし原稿を渡し、イヤフォンを着け直すように言った。そののち、バラードは二番めの録音を再生した。

マーサー　検屍局です、ご用件はなんでしょう？
キッド　友人がそこにいるかどうか確かめたいんです。どうやら殺されたようです。

マーサー　名前はわかりますか？
キッド　はい、ラストネームがドーシーです。それからファーストネームは、ドッグのDではじまるディナードです。
マーサー　両方ともスペルを言ってもらえないでしょうか。
キッド　D―E―N―N―A―R―D　D―O―R―S―E―Y。
マーサー　ええ、ここに来ていますね。あなたは近親者ですか？
キッド　あー、いいえ。ただの友人です。どのように死んだのかわかりますか？
マーサー　解剖の日程はわかりません。わたしにわかっているのは、彼は男性中央拘置所で拘束中に亡くなったということだけです。捜査がおこなわれるでしょうし、来週、解剖がおこなわれるでしょう。そのときに電話をかけ直していただければ、もっと情報をお伝えできるでしょう。近親者がだれなのかご存知ですか？
キッド　いや、知りません。ありがとうございます。

検屍局への電話を聞いたあと、ロビンスンは最初の通話をもう一度聞かせてくれるよう頼んだ。バラードはじっと耳を傾けているロビンスンの様子を眺めた。まるでリストにチェックマークを入れるかのように、ロビンスンはところどころでうなずいた。それからふたたびイヤフォンを抜いた。

「話し言葉の切り替えは興味深いな」検察官は言った。「ふたつの通話で、彼はふたりの異なる人物のように発言している。デュプリーとはギャングまるだし、検屍局とは軽快で聡明《そうめい》な感じ」

「ええ、彼は演じ方を知っている」バラードは言った。「で、どう思います？」

ロビンスンが返事をするまえにウエイトレスがテーブルにやってきた。ふたりともコーヒーとアボカド・トーストを注文した。ウエイトレスが姿を消すと、ロビンスンはテーブルに身を乗りだし、眉をひそめ、額のなめらかなモカブラウンの肌に皺《しわ》を刻んだ。

「わたしはつねに検察の視点で事件を見なければならない」ロビンスンは言った。「裁判で付けこまれうる弱みはなに？　共謀はスラムダンクだと思う。それについては問題なく有罪判決を取れると思う。検屍局への念押しの電話は、すばらしい。これを陪審に披露し、弁護側に説明させるのが待ちきれない」

「よかった」バラードは言った。「じゃあ、ヒルトン殺害については？」

「えーっと、殺害に関しては、彼はけっしてストレートに『おれがあいつを殺した』

とは言っていない。自分は仕事のひとつをやらなきゃならなかったと言っている。ある界隈では、殺人の遠回しの言い方だね。それから、白人の若造と言っていて、だれも名前では呼んでいない」

「だけど、共謀と足し合わせたら、キッドがヒルトンの件を隠しておくためドーシーを殺させたかったのは明らかよ」

「あなたとわたしには明らかだけど、陪審にはそうじゃない可能性がある。それに、ひとつは決定的な容疑と、もうひとつは問題のある容疑を持っていたら、弱いほうを落として、確実なほうでいくもの。陪審に弱みは見せたくない。だから、あなたがこれを聞きたくないのはわかっているけど、現時点では、殺人の共謀しか訴追する気はない。ヒルトン殺害が共謀の理由だと指摘はするけど、陪審にそれに関する評決を下してくれと頼むつもりにはならない。わたしならこういうだろうな、『殺人の共謀に関する評決を下してください』と。いずれにせよ、この男は永遠に表の世界からは消えてしまうんだから。あなたが求めている答えじゃないのはわかってる」

がっかりしてバラードはノートパソコンを閉じ、椅子にもたれかかった。

「ああ、クソ」バラードは言った。

「クリップ団の棟から引っ張りだされてからドーシーに会いにいったの？」ロビンス

ンが訊いた。

「いえ、いかないとだめ？」

「前回は協力的じゃなかったと言ってたでしょ。だけど、自分の昔のボスのキッドが暗殺指令を出したと知ったら、態度が変わるかもしれない。それにひょっとしたら彼は隠している情報を持っているかもしれない」

バラードはうなずいた。その点について考えておくべきだったと悟る。

「いい考えね」バラードは言った。

「デュプリーの立場はどうなってるの？」ロビンスンが訊いた。

「いまのところ、サウス方面隊に拘束されている。実質的協力の取引を求めている。月曜の午前中までに彼を起訴することになっている」

「デュプリーの面倒をみたほうがいいよ。もしドーシーが生きているのをキッドが知ったなら、自分がはめられたとわかるだろうから」

「わかってる。わたしたちはデュプリーを接近禁止状態に置いている」

「ところで、そのわたしたちって、だれ？」

「わたしの通常のパートナーは休暇中なの。今回の件は、実際にはボッシュという名の引退した殺人事件担当刑事からわたしにもたらされたもの。ボッシュは、ジョン・

ジャック・トンプスンの未亡人から夫の葬儀後、ヒルトンの殺人事件調書を受け取ったの」

「ハリー・ボッシュか、覚えてる。引退したとは知らなかったな」

「ええ、だけど、サンフェルナンド市警を通して、予備警官としての権能は有している」

「そこには気をつけなよ。もしあなたが証人になれないことで彼が証言しなければならなくなったら、それが問題になりうる」

「わたしたちはその点をすでに話し合ってる。わかってる」

「キッドはどうするの？　キッドを事情聴取に連れてくるつもり？」

「それがわれわれの最後の動きだと考えていた」

ロビンスンはじっと考えこむようにうなずいた。

「まあ、用意が整ったら、この件をわたしに持ってきて」やがてロビンスンは言った。「この件を担当してみたい。月曜日に会いに来てくれたら、デュプリーの起訴をおこない、協力同意書をひねりだしましょう。デュプリーには弁護士がいるの？」

「まだいない」バラードは言った。

「いったん弁護士がついたら、取引を提案するわ」

「わかった」

「ドーシーとの話で幸運を祈る」

「朝食を済ませたらすぐ、わたしはダウンタウンに向かって、彼ともう一度会ってくる」

それがキューになったかのように、ウエイトレスがやってきて、コーヒーとアボカド・トーストの載った皿を置いていった。ウエイトレスはローラにあげる犬用ビスケットも持ってきた。

37

バラードと会うため、ドーシーは男性中央拘置所のおなじ面会室に連れてこられた。バラードが待っているのを目にすると、ドーシーはバレンズ保安官補に部屋に押しこまれなければならなかった。

「はめやがったな、牝犬《めすいぬ》！」ドーシーは言った。「おまえとは話さないぞ」

バラードはバレンズがドーシーを椅子に手錠でくくりつけ、面会室を出ていくまで待った。

「わたしがはめたって？」バラードは訊いた。「どうやって？」

「おれの知っているのは、おまえがここでおれに話をさせ、気がついたらおれは密告屋の濡《ぬ》れ衣《ぎぬ》を着せられて、ひとりだけになっていたということだ」ドーシーは言った。「いまは、みんながおれを殺そうとしている」

「まあ、みんながあなたを殺そうとしているけど、それはわたしのせいじゃない」

「それが戯言《ざれごと》だってんだ。おまえがおれに会いにくるまで、おれは元気にやっていたんだ」

「いえ、あなたが元気でやっていられたのは、あなたがエルヴィン・キッドに電話するまでよ。そこであなたのトラブルがはじまったの、ディナード」

「いったいなんの話だ、女？」

「われわれはエルヴィンを盗聴していたの。あなたのかけた電話を聞いていた。そしたら、どうなったと思う？　キッドが暗殺の手はずを整えるのを聞いたんだ。あなたのね」

「嘘八百《うそはっぴゃく》ゲームをやろうとしているんだ」

「そうかな、ディナード？」

バラードはテーブルの上でノートパソコンをひらいた。

「これをじっくり聞いてみて」バラードは言った。「そのあとで、これがゲームだと思うなら、わたしはあなたを棟のお友だちのところに連れ戻すよう話してあげる。そうすれば安全だと思えて、家にいる気分になれるものね」

バラードはエルヴィン・キッドの携帯電話で送受信された通話の録音を含んでいるファイルをひらいた。

「で、まずあなたが知っておくべきことは、わたしたちはキッドの電話を盗聴していたということ」バラードは言った。「だから、わたしが質問をしにきたことであなたがキッドに警告しようと電話をかけたとき、わたしたちは会話をそっくりそのままテープに録音していたの」

バラードは最初の録音の再生をはじめ、ドーシーが自分の声とキッドの声を認識するのを待った。ドーシーは無意識のうちに身を乗りだし、録音をもっとよく聞こうとして、首をひねった。バラードは再生を止めた。

「これは違法だ」ドーシーが言った。

「いいえ、合法なの」バラードは言った。「上級裁判所判事の許可を得ている。さて、あなたに聞かせたい大切な箇所に飛びましょう」

バラードは録音を一分先に進めて、キッドがドーシーにだれが自分の番号を知らせたのか訊ね、ドーシーがマーセル・デュプリーであることを明らかにした箇所を再生した。バラードはふたたび再生を止めた。

「さて、あなたはキッドに、マーセル・デュプリーから番号を教えてもらったと言った。そうしたらキッドはなにをしたと思う？　彼はあなたの電話を切ると、マーセルに会いたいというショートメッセージを送ったの」

バラードは自分の携帯電話を掲げ、ドーシーに、一時停止させた動画の画面を見せた。そこには、〈デュランズ〉のテーブルに座っているキッドがくっきりと映っており、デュプリーの横顔も映っていた。

「このふたりがきのう〈デュランズ〉で会ったとき、わたしがこの写真を撮ったの」バラードは言った。「クレンショー大通りにあるこの場所を知ってるでしょ？　その会合で、キッドはマーセルに三千ドル渡した。なんのためのお金だと思う、ディナード？」

「それをおれに話してくれるんだろ」ドーシーは言った。

「男性中央拘置所であなたを暗殺する手配を整えるためのお金だった。仲間のクリップ団員のひとりにあなたを殺《や》らせるためのね。クリントン・タウンズを知ってるでしょ？」

ドーシーは首を横に振った。バラードが耳に押しこもうとしている情報を入れさせないでおこうとするかのように。

「適当な話をでっちあげてるんだ」ドーシーは言った。

「わたしたちがあなたを棟から引っ張りださせた理由がそれなの、ディナード」バラードは言った。「あなたの命を救うために。それからわたしたちはマーセルを逮捕し、パンケーキみたいに簡単に寝返らせた。マーセルに命じて、キッドに電話をかけ直させ、万事処理した、あなたは問題にはならない、と伝えさせたの。聞いてみなさい」

バラードはデュプリーとキッドとのあいだで交わされた台本がある通話を頭だしし、全体を再生した。バラードは椅子に寄りかかり、仲間が自分に背を向けたのを悟りはじめたドーシーの表情を見つめた。彼がどのように感じているか、バラードにはわかった。自身もパートナーと上司と市警自体にも裏切られた経験があった。

「それから、待っててね、もうひとつある」再生が終わると、バラードは言った。「キッドは検屍局に電話をかけ、あなたの冷たい死体がそこにあり、解剖で切り刻まれるのを待っているのを確認しようとしたの」

バラードは最後の録音を再生した。ドーシーは目をつむり、首を振った。

「マザーファッカー」ドーシーは言った。

バラードはノートパソコンを閉じたが、携帯電話はテーブルに置いていた。それでいまの会話を録音していた。バラードはドーシーをじっと見つめた。彼はいまやテーブルに視線を落としていた。目には憎しみがたぎっていた。

「で……」バラードは言った。「エルヴィン・キッドは、あなたに死んでもらいたいかったし、いまはあなたが死んだと思ってる。あなたはこんなことをした彼が逃げおおせるのを認めるの？　それとも、白人の若造が殺された路地でなにが起こったのかについてあなたがほんとうに知っていることをわたしに話す？」

　ドーシーは黙って彼女を見上げた。もう少しで落ちそうだとバラードはわかっていた。

「あなたが協力してくれれば、わたしがあなたを助けてあげられる」バラードは言った。「わたしは検察官と話をしてきたところ。その検察官は、キッドを殺人罪で起訴したいと考えている。彼女はあなたの保護観察官と話をして、あなたの仮釈放違反を取り消させることを考えている」

「あんたがそれをすることになっていたんじゃないのか」ドーシーは言った。

「そのつもりだったけど、検察官にそれをしてもらうほうが確実なの。でも、あなたがここでわたしに協力しなければそういうことは起こらない」

「まえに言ったように、あいつはおれたちにその日、あの路地に近づくなと言った。次におれが知っているのは、そこで殺人事件が起こり、警察がおれたちの商売を締めだしたことだ。フリーウェイの反対側の違う場所で商売をやることになった」

「そしてそれで終わり？　その件でキッドとしゃべったことは一度もないの？　なん

らかの質問をしたことはないの？　そんなの信じないよ」

「おれはあの男に訊いた。あいつはおれにわけのわからんことを言った」

「どんなわけのわからないことなの、ディナード？　自分自身を助けるか、それとも傷つけるかの分かれ目がいまなのよ。エルヴィン・キッドはなにを言ったの？」

「あいつは、自分が遠くにいってたときに知り合ったあの白人のガキを処理しなきゃならない、と言ったんだ」

「遠くに？　どういう意味？」

「刑務所さ。ふたりはコルコランにいっしょに入っていたんだ。あのガキをそこで守ってやり、その護衛代を自分に借りているんだ、とキッドは言った」

「キッドはその子の名前を口にしたことがある？」

「いいや。借りてる分を返さないので、会う手配をしたんだとだけ言って、おれたちを路地から追い払った。そして、そのガキが撃たれた」

「そしてあなたはエルヴィン・キッドがその子を撃ったと推測している」

「ああ、当然だろ？　あの路地はあいつのものだったんだ。あいつが全部仕切っていた。あいつが自分で撃たないかぎり、あいつのOKなしにあそこでだれも撃たれることはないんだ」

バラードはうなずいた。それはキッドがドーシーに直接罪を告白したことにはならないが、それに近かった。そして、セルマ・ロビンスンにはそれだけで充分だろう、とバラードは思った。すると自発的に、ドーシーはケーキにアイシングを加えた。

「殺人の捜査のせいで、場所を移動しなきゃならなかったとき、おれは新聞で殺人事件の記事を見た」ドーシーは言った。「その記事でひとつだけ覚えているのは、撃たれたガキはホテルみたいな名前だったことだ。ヒルトンとかハイアットとか、そんな名前だった。で、おれは不思議に思ったんだ。そいつがホテルの金を持っているなら、どうして借金を払わなかったんだろう、と。そいつはバカだ。そのとき払っていたら、生き延びられただろうに」

ドーシーは全部をまとめてくれた。バラードは昂奮した。携帯電話を手に取り、録音を停止し、ポケットに入れた。きょうが月曜日で、セルマ・ロビンスンが地区検事局にいればいいのにと願った。いますぐそこにいき、エルヴィン・キッドを殺人罪で起訴したかった。

BOSCH

38

マイケルスン&ミッチェル法律事務所の待合室に置かれたスエードのカウチは、あまりに座り心地がよく、ボッシュはウトウトしかけた。月曜日の朝だったが、ボッシュは土曜日に娘の家を一晩じゅう監視していたせいで、まだ睡眠不足だった。なにも起こらず、深夜のストーカーの気配はなかったが、ボッシュはカフェインで強化した寝ずの番を一晩じゅうつづけた。日曜日に睡眠を取り戻そうとしたが、モンゴメリー事件のことを考えると、昼寝すら取れなかった。そしていまここにいて、クレイトン・マンリーと会おうとしているのだが、待合室のカウチにズブズブと沈みこみそうな気がしていた。

ようやく十五分後、ボッシュは受付デスクから若い男性に呼ばれた。男性に先導されて、ボッシュは幅広い螺旋《らせん》階段をのぼり、主要パートナーの名前が記されているすりガラスのドアが並んでいる長い廊下を抜け、やっと突き当たりにあるオフィスに到着した。ボッシュは一脚の机と、シッティングエリアとガラス壁のある広い部屋に入った。ガラスの壁を通して十六階の高さからエンジェルズ・フライトの姿を見下ろすことができた。

クレイトン・マンリーは机の向こうから立ち上がった。彼は四十歳そこそこで、黒髪だが、もみあげに白いものが混じっていた。ライトグレーのスーツ、ワイシャツ、青いネクタイという姿だった。

「ボッシュさん、お入りください」マンリーは言った。「お座りを」

マンリーは机の向こうから手を差しのべ、ボッシュはその手を握ってから、机のまえに置かれたクラブチェアの一脚に座った。

「さて、うちのアソシエトによれば、あなたは不法死亡訴訟に詳しい弁護士をお探しだそうですが、それでよろしいでしょうか？」マンリーは訊いた。

「はい」ボッシュは言った。「弁護士が必要なんです。ある弁護士と話をしましたが、彼は自分はその訴訟に適任だと思わなかったんです。それで、わたしはここに来て、あなたとお話ししています」

「それは愛された方ですか？」

「どういうことでしょう？」

「不法死亡の被害者となられた故人のことです」

「ああ、ちがいます、それはわたしになる予定です。わたしが被害者です」

マンリーは笑い声を上げたが、ボッシュの顔に笑みが浮かんでいないのに気づいた。マンリーは笑うのをやめ、咳払《せきばら》いをした。

「ボッシュさん、理解できません」マンリーは言った。

「そうですね、明らかにわたしは死んでいません」ボッシュは言った。「ですが、わたしは白血病の診断を受けており、それは仕事でかかったんです。わたしは彼らを訴え、娘のために金を奪い取りたいのです」

「それはどういうふうに起こったんでしょう？　どこであなたは働いていたのですか？」

「わたしは三十年以上、ロス市警の殺人事件担当刑事を務めました。四年まえに引退しました。実際には強制的に追いだされたのです。わたしは当時、年金を取り返そうとして市警を訴えました。和解条件の一部が、わたしの健康保険に上限を設けることでした。そしてそのせいで、わたしは破産するかもしれず、娘になにも残してやれないかもしれないのです」

マンリーはボッシュがロス市警の刑事だったという言葉に表向き、なんの反応も示さなかった。

「それで、どのようにあなたは職務で白血病にかかったのでしょう？」マンリーは訊いた。「それにそれよりましな質問として、あなたはどうやってそれを証明するのでしょう？」

「簡単です」ボッシュは言った。「ある殺人事件があり、病院から大量のセシウムが盗まれました。癌《がん》の治療にごく少量使っていた代物です。ただし、なくなった量が少量ではなかったんです。病院にあるすべてのセシウムでした。わたしは最終的にそれを回収した人間になりました。わたしはそれをトラックのなかで発見したのですが、自分が被曝《ひばく》するまで、そこにセシウムがあるのを知らなかったんです。わたしは病院で診察を受け、レントゲンを撮られ、五年間、定期検診を受けました。いまわたしは白血病にかかっており、その被曝と関係していないはずがないんです」

「で、そのことはすべて記録されていますか？　事件ファイルやその他のものに？」

「すべて記録しています。殺人事件捜査の記録や病院の記録、わたしの退職に関する仲裁協議の記録を。それらを全部手に入れることができます。加えて、その病院は、その事件のあと、全面的な警備態勢の変更をおこないました――そのことはわたしには責任を認めたことと受け取れます」

「もちろん、そうでしょう。さて、こうお訊ねするのはいやなんですが、あなたは不法死亡訴訟とおっしゃった。正確にあなたの診断結果と進行状況はどのようなものなんでしょう?」

「わたしは診断を受けたばかりです。わたしは一日じゅう疲れやすく、気分がよくなかったんです。それで、病院で受診したところ、いくつか検査がおこなわれ、わたしは白血病にかかっていると言われました。化学治療をはじめようとしていますが、どうなるかわかりません。最後にはわたしの命が失われるのでしょう」

「ですが、病院はあなたに余命の推定とかそういうものを伝えなかったんですか?」

「はい、まだです。ですが、いまも言いましたように、どうなるかわからないのだから、この訴訟を起こしたいんです」

「わかりました」

「マンリーさん、相手はタフな連中です――市が雇った弁護士たちは。わたしはまえに彼らと戦いました。今回、そのときの弁護士のところにまたいったんですが、彼はあまりモチベーションが上がらないようでした。関わるであろう戦いの性質のためです。それでわたしはこれがあなたの対処できる訴訟なのかどうか知りたいのです。もしあなたが戦いたいのであれば」

「わたしは戦いを怖れませんよ、ミスター・ボッシュ。ところで、ボッシュ刑事とお呼びしたほうがいいでしょうか？」

「いいや、ミスターでお願いします」

「では、ミスター・ボッシュ、いまも言いましたように、わたしは戦いを怖れませんし、当事務所も怖れません。われわれはまた、心置きなく利用できるとても強力なコネを持っています。なんでもできるといっても過言ではありません。なんでもです」

「もしこれがうまくいくなら、訴えてみるにやぶさかではないほかの人が何人かいます」

「あなたの元の弁護士はどなたです？」

「マイクル・ハラーという名の人間です。ひとりで事務所を切り盛りしている弁護士です。ミッキーと呼ばれています」

「その人をモデルに映画が作られたんじゃなかったですか――車を事務所にしている弁護士」

「ええ、そうです。有名になってからは、もう難しい事件を引き受けなくなったんです。彼はこの件をやりたがらなかった」

「で、彼がわたしのところにいくようあなたに告げた」

「ええ、彼があなただと言いました」

「わたしはその人と知り合いではないのですが。なぜわたしを推薦するのか、理由を話してくれましたか?」

「はっきりとは。たんにあなたなら市警に立ち向かうだろうと言ったんです」

「そうですか、それは親切なことだ。わたしは市警に立ち向かいます。あなたとハラー弁護士が年金の和解で市と交わした取り決めに関する記録を全部いただくことになると思います。医療問題に関するすべての資料を」

「問題あり――」

突然マンリーの右側のガラスに一羽《わ》の鳥が突っこんできた。彼は座ったまま飛び上がった。ボッシュは衝撃を受けた鳥――烏《からす》のようだった――が落ちていき見えなくなるのを見た。バンカー・ヒルの鏡張りの高層建築が鳥寄せ磁石になっているという記事をロサンジェルス・タイムズで読んだのを思いだした。ボッシュは立ち上がり、ガラスに歩いていった。エンジェルズ・フライトの上の駅に面している広場を見下ろした。鳥の姿は見えなかった。マンリーが窓のところにいるボッシュのそばに来た。

「ことし三度目です」マンリーは言った。

「ほんとですか?」ボッシュは言った。「なにか手を打ったほうがいいのでは?」

「打てないんです。鏡面になっているのは、ガラスの外側なんです」

マンリーは机の向こうの座席に戻り、ボッシュはクラブチェアに戻った。

「あなたがこの件で受診している医師の名前はなんといいますか？」マンリーは訊いた。

「ドクター・ギャンドルです」ボッシュは言った。「シダーズ・サイナイ病院の腫瘍科医です」

「ギャンドル先生のオフィスに連絡して、あなたの病気に関する書類をわたしに寄越すよう頼んでいただかねばなりません」

「問題ありません。まだお話ししていないのは、あなたの弁護料についてです。わたしは年金暮らしで、それしかないのです」

「そうですな、それに関して、わたしどもで提案できるのはふたつの方法です。わたしに時間単位で支払っていただく。わたしの弁護料は、請求可能な一時間あたり四百五十ドルです。あるいは、比例配分されたコミッション料金でも対応可能です。あなたはなにも払わなくてよく、当事務所が勝訴した場合の獲得金額の一定パーセンテージあるいは交渉で得た金額の一定パーセンテージをいただくというものです。そのパーセンテージは、最初三十パーセントでスタートし、得られる金額が増えれば増えるほど低くなっていきます」

「たぶんパーセンテージでいくことになると思います」

「オーケイ、その場合、わたしはこの件を役員会に諮らなければなりません。役員たちがメリットを話し合い、その結果、本件を受けつけるかどうか決めるでしょう」

「それにはどれくらいかかりますか？」

「一日か二日です。役員たちは火曜日と木曜日に集まります」

「わかりました」

「あなたからうかがったところでは、問題になるとは思えません。われわれがあなたの代理を務める正しい事務所である、と保証できますよ。あなたのお役に立ち、あなたの訴えを勝利に導くよう全力を尽くします。わたしがそれを請け合います」

「それを知ってありがたいです」

　ボッシュは立ち上がり、マンリーも立ち上がった。

「あなたのファイルが届くのが早ければ早いほど、役員会の決定も早くなります」マンリーは言った。「そののち、この訴訟に着手します」

「ありがとう」ボッシュは言った。「全部まとめて、ご連絡します」

　ボッシュは自分で帰る道を見つけ、ミッチェルとマイケルスン双方の閉ざされたドアのまえを通り過ぎながら、マンリーを奮起させてなにか達成したんだろうか、と疑問に思った。ひとつ気がついたのは、マンリーのオフィスには個人的な性質を持つものがなにもなかったことだ——家族の写真はなく、有名人と握手をしているマンリー自身の写真もなかった。マンリーが鳥の衝突がことし三度目だと言わなければ、一時的に借りたオフィスだろうと思ったところだった。

弁護士事務所の入っていたビルの外に出て、ボッシュは広場に立った。そこでは下の階にあるさまざまな店やレストランから買ってきた遅い朝食あるいは早い昼食を会社員たちがテーブルに座って食べていた。ボッシュはビルの周辺を確かめたが、墜落した鳥は目に入らなかった。どうにかして生き延び、地面に衝突するまえに飛び去ったのか、あるいはビルには動きの早いメンテナンスチームがいて、鳥がビルに衝突して、広場に落ちるたびにその残骸を片づけているのだろうか、とボッシュはあれこれ考えた。

ボッシュは広場を横切り、エンジェルズ・フライト鋼索鉄道にやってきて、切符を買うと、古代の車両に乗って、ヒル・ストリートまで下った。その移動はガタガタ揺れ、激しい振動があった。ずいぶんまえにある事件の捜査をしていたことを思いだした。ふたりの人間がこのミニ鉄道で殺されたのだ。ボッシュはヒル・ストリートを横断し、グランド・セントラル・マーケットに入った。そこの〈ウェクスラーズ・デリ〉でターキー・サンドイッチを注文した。

そのサンドイッチとボトル入りの水を持って、共用座席エリアにいき、テーブルを見つけた。食べながら、娘にショートメッセージを送った。電話をかけるより返事が返ってくる可能性が高いとわかっていた。マンリーと、娘と訴訟に関して即席で話したことで、娘に会いたい気持ちを思いだした。こっそり娘の住んでいる家を監視して土曜の夜を過ごすだけでは充分でなかった。娘に会い、娘の声を聞く必要があった。

マッズ、ノーウォークへいき、ある事件の記録を引きだす必要がある。それはおまえの家にいく途中にある。コーヒーか食事をどうだ？

バラードが日曜日にヴェンチュラからボッシュに電話をかけてきた。彼女は十代の大半の期間、自分を育ててくれた祖母を訪れていた。ヒルトン事件の最新状況では、バラードはエルヴィン・キッドを訴追する用意をしている検察官に会いにいったという。セルマ・ロビンスンが、この事件に関して全面的にバックアップするために手に入れてほしいと望んでいるもののリストがあった。そのなかに、ヒルトンの出生証明書があった。ロビンスンは、この事件を法廷に持っていく際に、不意打ちを望まず、パズルのピースの欠落を望んでいなかった。

ボッシュは娘に送った自分のショートメッセージの返事がすぐに返ってくるとは予想していなかった。返事が早かったことがほぼないに等しかった。彼女は携帯電話を手元から離すことができず、ボッシュのメッセージは送ったと同時に受け取られているものの——たとえ授業に出ていても——娘は返事をするまえに意図的に父親との意思疎通を遅らせているようだった。

だが、今回、ボッシュはまちがっていた。サンドイッチを食べ終わらぬうちに娘は返信を打ち返してきた。

いいと思う。だけど、授業が七時から九時まである。早いディナーでいいかな？

ボッシュは、いつでもいい、昼食のあと南に向かい、ノーウォークで用事を片づけ、チャップマン大学近くのコーヒーショップに向かうので、おまえの用意ができればいつでも会えるだろうというメッセージを送り返した。

その返事として、サムズアップの絵文字が返ってきた。

ボッシュはゴミ籠に食べたあとのものを捨てると、ボトル入りの水を持って、車に戻った。

39

ボッシュはノーウォークの郡公文書管理ビルの階段をうつむきながら下っていた。考え事にとらわれていて、文書代行業者の群れのそばを通り過ぎる際、彼らがこちらに向かって申請書を振ったり、通訳補助を申し出たりしているのに気づきもしなかった。ボッシュはつづいて駐車場に入り、自分のジープに向かった。

ボッシュはバラードに電話をかけようと携帯電話を取りだしたが、その機会を得るまえに当の本人からかかってきて、電話が手のなかで振動した。

「なんだと思う？」バラードは挨拶代わりにそう訊いた。

「なにが？」ボッシュは返事をした。

「地区検事局が、たったいま、殺人と殺人共謀の罪でエルヴィン・キッドを起訴した。わたしたちはついにやったよ、ハリー！」

「きみがやったというほうが正解だよ。もうやつを逮捕したのか？」

「いえ、たぶんあした。いまはまだその情報は封印されている。逮捕に加わりたくない？」

「おれはそれに加わるべきじゃないと思う。事態を複雑にしうる。バッジを持っていないおれが加わると。だけど、きみはひとりで逮捕に向かうんじゃないだろうな？」

「ハリー、わたしはそこまで向こう見ずじゃない。SWATが何人か寄越してくれるかどうか確かめるつもり。それにリアルト市警にも連絡しないと。彼らの管轄地域だから」

「いい考えだ」

「で、あなたはどこにいるの？」

「娘に会いにいく途中だ。今夜戻るよ」

「ノーウォークにいく機会はない？　まだサクラメントからなにも届いていないし、セルマのフォローアップ・リストに載っているの。ヒルトンの出生証明書が必要なんだ」

ボッシュは上着の内ポケットから書類を取りだした。それをセンター・コンソールの上で広げる。

「いま役所から出てきたところだ。アクセスするのにサンフェルナンドのバッジを見せなきゃならなかった。母親を通してヒルトンの記録を探った。母親の旧姓はチャールズだったが、ヒルトンの継父と結婚するまで彼女は結婚したことがなかった」

「継父というのは、ドナルド・ヒルトンね」

「そうだ」

「じゃあ、未婚の母だったんだ」

「そのとおり。で、おれはその旧姓で調べていき、ジョン・ヒルトンの運転免許証に記載されている生年月日と一致している出生記録を見つけた。彼だった。そして、父親として記載されているのが、ジョン・ジャック・トンプスンだった」

バラードは反応が遅れた。

「なんてこと」ようやくバラードは言った。

「ああ」ボッシュは言った。「なんてこった」

「ああ、驚いた、じゃあ、トンプスンは自分の子どもの殺害事件の上に座ってたんじゃない！　ほかのだれも取り組めないように調書を盗み、自分では調べなかった。どうしてそんなことができたの？」

ふたりともしばらく黙っていた。ボッシュは公文書管理ビルを出たときに頭を占めていた思いにふたたびとらわれた――自分の指導者が倫理にもとる行動をとり、自分自身の子どもへの正義よりも自尊心を優先させたことを知ってボディーブローを浴びていた。

「それでハンターとタリスの行動が説明できる」バラードは言った。「あのふたりはその事実に気づき、トンプスンを救うため事件をわざと放りだしたんだ。彼の息子が麻薬中毒であり、前科持ちであり、黒人のギャングと愛人関係にあるゲイ――好きなものを選んで――であることが市警内で知れ渡り、面目を失うことのないように」

ボッシュは返事をしなかった。バラードは図星を突いた。彼女が指摘しなかった唯一のことは、トンプスンの行動がその情報から妻を守る努力だったかもしれないという可能性だった。トンプスンがこの世界に子どもをもたらさなかったことについて話したときのことも考えていた。ヒルトンが死ぬまえに彼のことを知っていたんだろうか、それともハンターとタリスにその知らせを告げられたときにはじめて息子のことを知ったんだろうか、とボッシュは考えてしまった。

「タリスにもう一度電話をかけてみる」バラードが言った。「彼とパートナーが事件をわざと放りだした理由を知っていると言ってみる。それで彼がなんと言うのか確かめる」

「どう答えるかわかる」ボッシュは返事をした。「いまとは時代がちがい、被害者は取るに足りない人間だった、と言うだろう。彼らはジョン・ジャックの結婚生活あるいは名声を台無しにするつもりはなかったんだ。このことをすべて洗濯紐《せんたくひも》に吊《つる》して、世間から見えるようにすることで」

「ええ、でも、冗談じゃないわ。そんなことをしていい正当な理由なんてない」

「ああ、していいわけがない。タリスと話をする際には気をつけてくれ」

「なぜ気をつけなければならないの？　ああいう守旧派の嘘の肩を持つなんて言わないでくれる？」

「ああ、言わない。おれが考えているのは事件のことだ。セルマ・ロビンスンはタリスを証言の場に立たせなければならなくなるかもしれない。タリスを検察側にとって敵対的証人にしたくはなかろう」

「たしかに。その点は考えていなかったな。それから守旧派なんて言ってごめん、ハリー。あなたがそんなじゃないのはわかってる」

「問題ない」

　ふたりはまたしばらく黙っていたが、やがてボッシュが口をひらいた。

「で、殺人事件調書の報告書を黒塗りしたのはだれだと思う？」ボッシュは訊いた。

「そしてその理由は？」

「タリスはいまとなればけっして認めないでしょうね」バラードは言った。「だけど、わたしの推測では、あのふたりはヒルトンの母親と継父に聴取した際、実の父親がトンプスンだという話をきいて、それを報告書に記したんだと思う。ふたりはそれをトンプスンに伝え、トンプスンがそのことに関する記入を全部殺人事件調書から消すよう頼んだ。ほら――プロ同士の礼儀として、卑劣な人間同士の礼儀として」

それは厳しい評価だな、とボッシュは思った。ジョン・ジャックが自分の息子にしたことは許せないという気がしていたものの。

「あるいは、最初から調書にはずっと記されていて、トンプスンが調書を盗んだあとで黒塗りをしたか」バラードは言った。「ひょっとしたらそれが調書を盗んだ理由かもしれない。生物学上の父親の正体に関するいかなる言及も確実に取り除かれるか、編集で消されるかするように」

「じゃあ、なぜ調書を捨てるとか、破壊するとかしてしまわなかったんだろう？」ボッシュは訊いた。「そうすればこの件が浮かび上がってくる可能性はなかっただろうに」

「それについてはわたしたちにはけっしてわからないでしょうね。彼はその秘密を抱えて死んだんだから」

「ジョン・ジャックのなかにまだ刑事魂が残っていて、自分が亡くなったあとにだれかが調書を手に入れ、事件を調べてくれるのではないかと考えていたのであればいいと、おれは願っている」

「そのだれかがあなただった」

ボッシュは黙っていた。

「なにを疑問に思っているかわかる？」バラードが訊いた。「トンプスンは息子が殺されるまえに彼のことを知っていたんだろうか。未婚の母がいる。彼女はトンプスンに話したんだろうか？　それともたんに別れて、子どもを産み、出生証明書の父親欄にトンプスンの名前を書いたのかしら？　ひょっとしたら、タリスとハンターが事件を担当し、トンプスンに事情を訊きにくるまで、知らなかったのかもしれない」

「その可能性はある」ボッシュは言った。

さらなる沈黙がつづき、ふたりの刑事は事件のその部分に関するさまざまな観点をじっと考えた。あらゆる殺人、あらゆる捜査には、答えが見つからない疑問がつねに存在する、とボッシュは知っていた。鈍感な連中は、それらを未決事項《ルース・エンド》と呼んで事足りるが、けっして未決のままで放っておいていいものではない。ボッシュの場合、それはそばを離れず、どこに動こうとつきまとい、ときには夜中それに起こされる。しかし、けっして剝が《ルース》れず、けっしてそれから逃れることはできないのだ。

「オーケイ、そろそろいかないと」ようやくボッシュは言った。「うちの子は七時までしか体が空いていないんで、向こうにたどり着きたいんだ」

「わかった、ハリー」バラードは言った。「聞くのを忘れていた。土曜の夜もそこへいったの？」

「いった。まったく異常はなかった」

「まあ、それはよかったわね」

「ああ。それでどのようにキッドに対処するのか教えてくれないか。やつは白状すると思うか？」

「わからない。あなたはどう思う？」

「あいつは権利放棄には同意するが、そのあとで役に立つことはひとつも言わず、きみがつかんでいる情報がなんなのか探ろうとしてくる連中のひとりだと思う」

「たぶんね。それには備えておく」

「それから、やつの女房も忘れるな。彼女は全部知っているか、なにも知らないかのどちらかで、どちらにせよ、彼女からなんらかの好材料を引きだせるかもしれない」

「それを覚えとく」

「こんな事件を担当したことがある。百八十七条《殺人》容疑である男を逮捕したところ、予備審問で、判事は男の拘禁を認めたが、証拠がとても希薄なので、裁判まで安い保釈金での保釈を認めると言った。それでそいつは保釈金を払い、あらゆる手立てを取って裁判を遅らせようとした。弁護士を次から次へ解雇し、あたらしい弁護士は、毎回、もっと準備期間が必要だと判事に訴える。そんなふうに続いていった」

「可能な限り長く自由を楽しもう」

「そうだ。つまり、保釈で外にいられるなら選ばないわけがないだろう？　で、自由をエンジョイしているうちに女性と出会い、結婚し、どうも彼女には言わなかったらしい、『なあ、ところで、ベイビー、いつか、最終的に、おれは殺人罪で訴えられている裁判にいかなきゃならないんだ』とは。それで――」

「ちょっと！　冗談を言ってるんでしょ？」

「いや、それがそいつのやったことだ。あとになって知ったよ。で、結局、四年という歳月が経過して、判事は我慢の限界に達し、これ以上の延期はないと言い、それでそいつはついに裁判に向かうことになった。だけど、それでも保釈で外に出ており、ワイシャツとネクタイ姿の仕事をしていた――そいつは不動産業者かなにかのように見えた。で、毎日、そいつは自宅でスーツとネクタイに着替えると、妻に仕事に出かけると言って、実際には自分の殺人事件裁判にいっており、それを妻には秘密にしていたんだ。そいつは**無罪**を勝ち取って、妻はなにも知らずにいることを願っていた」

「どうなったの？」

「有罪だ。その時点で保釈は取り消され、そいつは拘置所に連行された。想像がつくかい？　郡の拘置所から夫がコレクトコールをかけてきて、『ハニー、夕食には帰れないんだ――さっき殺人事件で有罪になってしまった』というところが」

バラードは笑い声を上げはじめた。

「男というのはどうかしているんだ」ボッシュは言った。

「いいえ」バラードが応じた。「だれもがどうかしている」

「でも、そいつの妻がずっと秘密にされていたことをおれが知っていたらよかったのにといまでも思っている。なぜなら、その事実を利用できたはずだと思っているからだ。ほら――彼の妻に話しかけ、励まし、できればこっちの味方につける。そうなったらなにが出てくるのかわかりゃしないぞ。奇妙な話だけど、あらかじめ知っていたらなあ、とずっと思っている」

「わかった、ハリー、その話を覚えておく。安全な運転を。それから娘さんによろしくと伝えて」

「そうする。あしたハッピーな狩りになることを祈ってる」

ボッシュはフリーウェイ5号線まで戻り、南へ進んだ。バラードに伝えた話のおもしろさはやがて消え、しばらくするとボッシュはジョン・ジャック・トンプスンについて考えていた。彼がしたことと、彼のありうる動機を。ボッシュにはひどい裏切りのように感じられた。自分を指導してくれた男が——すべての事件に最善を尽くす価値があるという信念を、だれもが価値がある、さもなければだれも価値がないという信念を叩きこんでくれた男が、自分の血縁が関わる事件で潜りこみをしていた。

　この瞬間の唯一の救いは、自分の娘に会いにいくことだった。たとえ五十分あるいは五分しかいっしょにいることができずとも、娘が自分を暗闇から引っ張り上げてくれるとボッシュはわかっていた。あらたな気持ちになり、先へ進めるのだ、と。

　ボッシュはオレンジ・シティのオールド・タウンに午後四時十五分に到着し、その中心部《ザ・サークル》を車で二回まわって、駐車場所を探した。〈アース・カフェ〉に入り、コーヒーを注文する。マディに自分の居場所をショートメッセージで伝え、ここで会うか、どこかいきたいところがあるか、と訊いた。娘は、共同心理学プロジェクトに関してほかの学生たちとおこなっている打合せから解放され次第、連絡する、とメッセージを返してきた。

　ボッシュはノートパソコンだけでなく、モンゴメリー殺害の事件調書に入っていたすべての報告書を収めたファイルも持参していた。そこには短命に終わったクレイトン・マンリーの調査報告書も含まれていた。コーヒーショップのＷｉ－Ｆｉに便乗し、ドミニク・ブティーノに関する事件がらみの記事を呼びだすことで、ジョン・ジャック・トンプスンについて考えることから逃れようとした。ロサンジェルス・タイムズに三つの記事が見つかり、記憶をあらたにするため、それを読んだ。

最初の記事は、リリアン・ストリートの独立系撮影スタジオの外に停めてあったケータリング・トラックの荷台で、ひとりの男性を襲ったあと、暴行と重傷害の容疑でブティーノがハリウッドで逮捕された件についてのものだった。事件発生当時、映画会社やTVクルーに食事を提供するトラックで仕事をしていた被害男性は、ブティーノに借金をしていた、と警察は発表した。トラック購入資金に充てるためだった。記事によれば、男性は野球のバットで襲われ、ブティーノはケータリング・トラックのなかで暴れ回り、そのバットで調理機器をいくつも破壊したという。被害男性は、記事のなかでエンジェル・ホプキンズと身元が明らかにされていたが、頭蓋骨骨折と鼓膜穿孔、腕の骨折でシダーズ・サイナイ病院に収容され、重篤だが安定している状況だった。

記事によれば、リリアン・ストリートの撮影スタジオで警備任務のアルバイトをしていた非番の警官が、コーヒーを買いにトラックに歩いていったところ、容疑者がトラックのバックドアの外に立ち、キッチン・エプロンでバットについた血を拭っているのに気づいて、ブティーノを逮捕したという。そののち、ホプキンズはトラックの厨房《ちゅうぼう》の床で意識を失っていたところを発見された。

　二つめの記事は、翌日掲載された続報で、ラスベガス出身のブティーノは、単純に組織《ジ・アウトフィット》の名で知られているシカゴに拠点を置く組織犯罪一家の構成員と目されると伝えていた。また、ブティーノは組織犯罪の仲間内では、〝バットマン〟の異名を取っており、それはジ・アウトフィットの高利貸し業業務のひとつとして、貸した金の回収にまわるときに持ち歩いている黒い野球バットを振る威力のせいだとも書かれていた。

　三つめの記事は三ヵ月後に出たもので、地区検事局が裁判においてブティーノに対するすべての訴えを取り下げた件を扱っていた。エンジェル・ホプキンズがブティーノに対して証言をするのを拒否したのだ。検察官が記者たちにした説明では、現場に居合わせた警官が今回の事件で自分の経験した部分を進んで証言する気でいたものの、被害者がなにが起こったのか、だれがそれをやったのか、なぜやったのかを陪審団に話さなければ、本件を前進させることはできないとのことだった。ブティーノの弁護士、ウイリアム・マイケルスンの発言が記事のなかで引用されており、本件は依頼人に対する誤解と誤認である、と述べていた。依頼人の評判を不当に貶《おとし》め、ストレスを与えた訴訟に正当な結果をもたらした司法制度をマイケルスンは称賛した。ホプキンズがバットマンあるいは彼の関係者に、ひょっとしたら彼の弁護士に脅されたか、金で黙らせられたかであろうことは、ボッシュには明白だった。

Ｇｏｏｇｌｅで、ブティーノがラスベガスの活動に関わっているという言及が二、三あるのが見つかった。ひとつは、ブティーノが市長候補者に送った選挙献金が、ブティーノのバックグラウンドを理由に候補者から返金されたという記事だった。その記事では、候補者は、『バットマンから金を受け取りたくない』と言ったと紹介されていた。

もうひとつの記事では、このギャングの一員がＭＧＭグランドでのボクシング試合の最前列にいたという、たんなる人名確認だった。

三つめの記事が最新のもので、連邦の犯罪組織捜査に関して記されており、ザ・ストリップにあるいくつかのカジノ・リゾートにリネン類を提供しているラスベガスの会社の違法行為に捜査の手が入ったとされていた。ブティーノは、そのリネンと洗濯の会社の少数株主として言及されていた。

次にボッシュはカリフォルニア州法曹協会のウェブサイトに移り、ウイリアム・マイケルスンの名前で検索して、なんらかの懲戒処分がこの弁護士に下されたことがないかどうか確かめようとした。一件見つかった――四年まえに発生しており、マイケルスンは、依頼人見込み客と契約上の紛争に関して打合せをおこなった件で譴責《けんせき》処分を受けていた。見込み客だった女性は、のちに、法曹協会に苦情を申し立て、マイケルスンは四十分間にわたって紛争の女性側の概要説明を聞いたあとで、その事案を引き受けるのに興味はない、と言ったのだという。あとから女性は、自分が訴えるつもりだった被告にマイケルスンがすでに雇われており、反対側の内部情報を得るため、自分との打合せに応じたことを知った。

それは卑劣な動きであり、法曹協会はマイケルスンに寛大な処分を下したが、この弁護士の性格と倫理観に関し、多くのことをボッシュに告げた。マイケルスンは法律事務所の筆頭パートナーだった。だとすれば、彼のために働いているほかのパートナーやアソシエトたちはどうなのだろう？　その法律事務所の同じフロアでドアひとつだけ奥まったところにオフィスを構えるマンリーはどうなのだろう？

「やあ、パパ《ダッド》」

ボッシュが顔を起こすと、娘がテーブルをはさんだ向かいの椅子に滑りこんできた。ボッシュの目に光が灯《とも》った。ジョン・ジャック・トンプスンについて知ってしまったことの痛みや、ほかのあらゆることがスルスルと消え去るのをボッシュは感じた。

40

マディは目のまえのテーブルの下にバックパックを滑りこませた。

「ここでいいのか？」ボッシュは訊いた。「おれに行き先をメッセージで送ってくるものと思っていた」

「ええ、でも、この店も好き」マディは言った。「たいていは、テーブルを確保できない」

「ちょうどいい時間に来たみたいだな」

「なにを調べているの？」

ボッシュはノートパソコンを閉じた。

「カリフォルニア州法曹協会である弁護士を調べていた」ボッシュは言った。「だれかがそいつに苦情を申し立てていないかどうか知りたかったんだ」

「ミッキーおじさん？」マディが訊いた。

「いや、いや、彼じゃない。別の人間だ」

「事件に取り組んでいるの？」

「ああ。実際にはふたつの事件に。ひとつはレネイ・バラードと組んでいる——そういや、よろしくとさ——もうひとつは、ある意味、ひとりで調べている」

「ダッド、あなたは引退したはずなのに」

「わかってるが、動いていたいんだ」

「膝の調子は？」

「とてもいいぞ。きょうは杖なしで出かけた。一日じゅう」

「お医者さんはそうしてもオーケイって言ったの？」

「まったく使ってほしくないそうだ。あの医者はスパルタなんだ。で、学校はどうだい？」

「たいくつ。だけど、あのビッグ・ニュースを聞いた？　土曜の夜にあいつが捕まったんだって」

「ストーカーのことか？」

「うん、まちがった家に侵入したの。オレンジ・カウンティ・レジスターのウェブサイトに載ってるよ。おなじ手口——女の子がいる家に侵入する。そいつはまた侵入したんだけど、女の子のひとりがボーイフレンドを泊めていたのを知らなかった。その家でボーイフレンドがそいつをつかまえ、ぶん殴ってから、警官を呼んだ」

「で、そいつはほかの二件とも関係しているのか？」

「警察はあたしたちには連絡してきていないけど、レジスターには、そいつが関係しているかどうか確認するため、ＤＮＡ検査をおこなうだろうと書いてあった。でも、ＭＯがおなじだと書いていたよ。犯行手口《モーダス・オペランディ》――この言葉を口にするのが好きだな」

ボッシュはうなずいた。

「その侵入された家がどこなのか知ってるのか？」ボッシュは訊いた。「おまえたちの家の近くなのか？」

「いえ、学校の反対側の地域にある家」

「ま、よかったな、そいつが捕まってホッとしている。おまえもルームメイトも枕を高くして眠れるはずだ」

「うん、そうだね」

ＬＡに戻る途中でオレンジ市警の連絡相手に電話して、その逮捕についてもっと詳しい情報を手に入れようとボッシュは思った。だが、そのニュースに気分が高揚した。この状況が自分にとってどれほど心配なものなのか娘に知られたくなかったので、ボッシュは堅苦しい態度を取っていたのだ。娘がらみの別件に移ることに決めた。

「で、どんな心理プロジェクトをおまえたちはしているんだ？」

「ああ、SNSが人にどのように影響を与えるかというくだらないもの。なにも目を引くようなものはない。調査項目を書き上げて、それをばらまき、回答してくれる人をキャンパスで探すの。FOMOに関する十の質問」

マディはその言葉をフォーモーと発音した。

「フォーモーというのはなんだ？」ボッシュは訊いた。

「パパ、しっかりして」マディは言った。「取り残されることへの不安《フィア・オブ・ミッシング・アウト》」

「わかった。で、なにか食べるか飲むかするか？　あそこのカウンターに自分でいかないとならないが。おれがこのテーブルを押さえている」

ボッシュは現金を少し取りだそうとポケットに手を伸ばした。

「自分のカードで買うよ」マディは言った。「なにか要る？」

「食べ物を買うつもりか？」ボッシュは訊いた。

「なにか買うつもり」

「じゃあ、もしあったらチキンサラダ・サンドイッチを頼む。それからコーヒーをもう一杯。ブラックで。少しお金を受け取ってくれ」

「いいえ、持ってるから」

マディはテーブルから立ち上がり、カウンターに向かった。自分のクレジットカードでいつも支払いたがる様子がボッシュにはおもしろくてならなかった。いずれにせよ、カードの請求書はボッシュのところに届くのだが。

ボッシュは娘が若い男性に注文するところを見ていた。どうやら男性はおなじ大学の学生のようだった。娘は笑みを浮かべ、相手もほほ笑んだ。ボッシュは以前になんらかの付き合いがあったんだろうと思いはじめた。

娘が二杯のコーヒーを持ってもどってきた。ひとつにはクリームを入れていた。

「今夜も勉強しなきゃならんのか？」ボッシュは訊いた。

「実を言うと、しなくていい」マディは言った。「七時から九時まで授業があり、そのあと何人かで〈D〉に出かけるの」

〈D〉というのが、二十一歳以上の学生たちに好かれている〈ディストリクト〉という名のバーであることをボッシュは知っていた。マディはそのなかのひとりだった。それを思いだしたことでボッシュは次の質問を口にしてしまった。

「じゃあ、きょうは、どっちの方向に気分が向いているんだ？　卒業後は」

「気に入らないだろうけど、ロースクールかな」

「どうしておれが気に入らないと思うんだ？」

「あたしに警官になってもらいたいと思っているのは知ってるよ。そのうえ、さらに学校に通うことになる。この大学にあたしを通わせるのにもう山ほどのお金を費やしてくれているというのに」

「いや、何回この話をした？　おれはおまえにやりたいことをしてもらいたいんだ。実際、法律のほうが安全だし、もっとお金を稼げる。ロースクールはけっこうだし、費用は気にするな。賄うよ。それにおれはおまえをここに通わせるのに山ほどの金を使っているわけじゃない。おまえの奨学金で大半の費用を賄っている。だから、逆なんだ。おまえのおかげでおれは得をしているんだ」

「でも、万が一、ミッキーおじさんみたいなことになったらどうするの――悪党を弁護するようになったら。パパのお気に入りのセリフだけど」

ボッシュは牛歩戦術として、新しいコーヒーに少し口をつけた。

「それもおまえの選択だ」カップを下ろしてからボッシュは言った。「だけど、少なくともその反対側をおまえには見てもらいたいな。もしおまえが地区検事局の人間と話をしたいのなら、おれがセッティングできるが」

「ひょっとしたら、いつかあたしたちはチームになれるかも。パパがつかまえて、あたしが料理する」

「まるで釣りみたいだな」

「釣りといえば、あたしに話しにきたのはなんの件？」

ボッシュは答えるまえにさらにコーヒーを飲んだ。ハンサムな若者がカウンターから料理を運んできて、マディが過剰なくらい礼をいうというさらなるブレークがあいだにはさまった。ボッシュは娘の皿を見た。近ごろはだれもがアボカド・トーストを食べているようだ。ボッシュにはその料理がおぞましく見えた。

「それが夕食かい？」ボッシュは訊いた。

「軽食」マディが答える。「〈D〉でちゃんと食べる。あそこのグリル担当の料理人は、最高のベジドッグを出してくれる。たぶんそれがのちのちこの場所のことでいちばん恋しく思うものになるだろうな」

「じゃあ、ロースクールにいくとしたら、ここじゃないんだ？」

「LAに戻りたいな。ミッキーおじさんはサウスウェスタン大のロースクールにいったでしょ。そこなら入れると思う。公選弁護人事務所におおぜいの卒業生を届けている学校だよ」

ボッシュがそれに反応するまえに、ハンサムな給仕人がテーブルに戻ってきて、マディにトーストは気に入ったかいと訊ねた。マディが大げさに同意すると、若者はカウンターの向こうに戻っていった。彼はボッシュにサンドイッチはいかがですかと訊ねる気遣いすらしなかった。

「ところで、あの男だけど、知り合いか？」ボッシュは訊いた。

「去年いっしょのクラスだったの」マディは言った。「キュートな子だよ」

「あいつはおまえがキュートだと思っているようだぞ」

「そしてあたしはパパが話題を変えようとしていると思っている」

「ただここにやってきて、娘とほんの少しいっしょにいて、コーヒーを飲んで、サンドイッチを喰って、フォーモーのような新しい単語を学ぶだけじゃだめなのか？」

「それは頭字語だよ、単語じゃなくて――F―O―M―O。ほんとはなにがしたいの、パパ？」

「わかった、わかった。話したいことがあるんだ。たいしたことじゃないが、意図的におれが話さないでいるとおまえが思うと、かならず腹を立てるから言うんだ。それはFOLOと呼ばれるものだと思う――のけものにされることへの不安《フィア・オブ・ビーイング・レフト・アウト》」

「それって意味が通じない。しかもFOLOは使用済み――それは失敗することへの不安《フィア・オブ・ルージング・アウト》。で、なにがニュースなの？　結婚するとかそんなこと？」

「いや、おれは結婚しないよ」

「じゃあ、なに？」

「担当していた事件で放射性物質を見つけたせいで、おれが定期的に胸部レントゲン写真を撮らなければならなかったのは覚えているだろ？」

「うん。それで健康証明書を出せると言われて、レントゲン検査を受けるのをやめたんだね」

心配な表情がマディの目に浮かんできた。ボッシュはそんな気持ちになってくれる娘を愛した。

「まあ、現在おれはとても穏やかな形の白血病に罹《かか》っており、とても治療しやすいもので、現に治療を受けているんだ。これをおまえに話すのは、もしあとでわかったらおれに向かっておまえが悲鳴を上げるだろうとわかっているからだ」

マディは反応しなかった。コーヒーを見下ろし、なんと言えばいいのか、どうふるまえばいいのかの指示書を読んでいるかのように目をキョロキョロさせた。

「たいしたことじゃないんだ、マッズ。それどころか、錠剤一錠を飲むだけなんだ。一錠、毎朝飲んでいる」

「化学治療とかそういうのを受けなくていいの？」

「いや、本気で言ってるんだぞ。錠剤一錠だけだ。それが化学治療なんだ。それを飲んでいれば、オーケイだろうと言われた。この話をしたかったのは、おまえのおじさんのミッキーがおれのためにこの件で戦い、いくらかの金を手に入れようとしてくれるからだ。それはおれが仕事中に起こったことであり、そのせいでおまえに残そうとしてきたものを全部失うなんてことにしたくないんだ。で、ミッキーの話だと、ちょっとしたニュースになりうるそうだ。おれが避けたかったことはそれなんだ――おまえがそれをなにかのオンラインで読み、おれが言わなかったせいでおまえを動揺させるのは。だけど、ほんとだぞ、なんにも問題ないんだ」

「パパ」

マディはテーブル越しに手を伸ばして、自分の手を父親の手に重ねた。

ボッシュは手をひっくり返して、娘の指をつかめるようにした。

「軽食を食べないと」ボッシュは言った。「それが実際にはなんであれ」

「もう食欲がなくなったよ」マディは言った。

ボッシュもおなじだった。娘を怯《おび》えさせたのが嫌でたまらなかった。

「おれを信じてくれるだろ？」ボッシュは訊いた。「これは形式的手続きみたいなものなんだ。おまえには直接おれから聞いてもらいたかった」

「お金を払うべきよ。パパにたくさんのお金を払うべき」

ボッシュは笑い声を上げた。

「おまえはロースクールにいくべきだと思う」ボッシュは言った。

マディはそのセリフを少しもおもしろいと思わなかった。うつむいたままでいる。

「なあ、もうそれを食べたくないなら、それを持って、おまえの好きなあのアイスクリーム・ショップにいこう。そこで水出しアイスコーヒー？　いや、なんと呼ばれているかわからないが、それを飲めるだろう」

「パパ、あたしは小さな女の子じゃないの。アイスクリームでなんでもごまかせると思ったら大間違い」

「じゃあ、教訓を学んだよ。おれはただ黙っていて、おまえがけっして気づかないことを願っておくべきだった」

「いえ、そういうのはだめ。あたしはこんな気持ちになっていいの。愛してるよ」

「おれも愛してるよ。それから、おれが言おうとしているのはこうなんだ――おれは当分のあいだ生きているつもりだ。おれはおまえをロースクールに入らせ、それから法廷のうしろのほうに座って、おまえが悪党を追い払うのを見るつもりだ」

ボッシュは反応を待った。ほほ笑み、あるいは、ニヤッという笑み。だが、なにも返ってこなかった。

「頼む」ボッシュは言った。「もうこの件でこれ以上心配しないでおこう。いいな？」

「わかった」マディは言った。「あのアイスクリームを食べにいこう」

「いいぞ。いこう」

マディはキュートな男の子を招き寄せ、持ち帰り用の箱を頼んだ。

一時間後、ボッシュは娘を彼女の車のところで降ろすと、フリーウェイ5号線を北上してロサンジェルスに向かっていた。ダブルパンチを食らった一日だった――ジョン・ジャック・トンプスンがボッシュの人生に苦痛と不安を注射し、そののちボッシュがおなじことを娘にしてしまい、まるでそれはある種の犯罪のような気がした。要するにボッシュはまだトンプスンがしたことと折り合いがついていなかった。ボッシュは七十歳近い年齢で、人がおたがいにできる最悪のおこないをある程度目にしてきたが、それでも何十年もまえに、自分が知るずっとまえに起こったことで動揺した。毎朝服用している錠剤の副作用だろうかと思った。担当医は、気分変動が起こりうる、と警告していた。

それらすべてに加えて、ボッシュは自分がＦＯＭＯを経験しているのだと悟った

——ボッシュはバラードがジョン・ジャック・トンプスンの息子を殺した容疑でエルヴィン・キッドを逮捕するその場にいたかった。その逮捕自体を見たいからではなかった——殺人犯に手錠をはめることに特別な喜びを覚えたことは一度もなかった。だが、ボッシュはジョン・ジャックの息子のためにその場にいたかった。被害者のために。ジョン・ヒルトンの実の父親は、だれが息子を殺したのかが気にならなかったようだが、ボッシュは気になった。そしてボッシュはその場にいたいと思った。だれもが価値がある。さもなければだれも価値がない。それはトンプスンには真実味に欠ける考えだったかもしれなかった。だが、ボッシュにとってはそうではなかった。

BALLARD

41

　バラードはイヤフォンを耳に挿し、気分を高揚させ、それを維持するためにまとめたプレイリストの曲に耳を傾けた。彼女は黒いＳＵＶの後部座席でふたりの大柄な特殊作戦隊員のあいだに挟まれていた。午前七時であり、彼らはエルヴィン・キッドを逮捕するため、リアルトに向かってフリーウェイ10号線を進んでいた。

　二台のＳＵＶと九人の警察官、加えて、すでにリアルトにあるキッドの自宅の外の監視所で待機しているもうひとり。計画では、キッドが仕事に出かけるため、家から姿を現したときに逮捕することになっていた。元ギャングの構成員の住宅に入っていくのは、けっしていい計画ではない。そのため、キッドが家の外に足を踏みだすのを待つつもりだった。監視所にいる男からの直近の報告では、容疑者のトラックとそれに牽引《けんいん》される運搬用トレーラーは、ドライブウェイにバックで入っているという。家のなかにはなんの動きも明かりもないと報告されていた。

逮捕計画は特殊作戦隊の警部補に承認された。その警部補はまえをいくSUVに乗っていた。バラードの役目はオブザーバー兼逮捕担当警察官だった。キッドの身柄が押さえられたら、バラードが進み出て、彼に権利を読み上げるのだ。

二番めのSUVのなかで、男たちは、バラードがそこにいないかのように会話を交わしていた。バラードのほうに向かって**どう思う？**　とか、**どこから来たんだい？**　という質問すら投じられずに会話がバラードのまえで縦横に行き交っていた。たんなるそわそわした雑談であり、バラードはだれにも戦いに備えるためのそれぞれのやり方があるのを心得ていた。バラードはイヤフォンを挿し、ミューズやブラック・プーマズやデス・キャブやほかのアーティストの曲に耳を傾けていた。バラードに鋭さを与え、維持させてくれるディスパレイトな曲。

バラードは運転者がローヴァーで話しているのを見て、イヤフォンを外した。

「どうしたの、グリフィン？」バラードは訊いた。

「家に明かりが灯った」グリフィンが言った。

「あとどれくらい？」

「到着予定時刻は二十分後」

「急がないと。すぐに仕事に出かけるかもしれない。フリーウェイで緊急走行《コード3》はできるの？」

グリフィンは無線でまえのSUVにいるゴンザレス警部補にその要請を伝え、すぐに一行はリアルトに向かって、時速百五十キロ近い速度で非常灯を点《つ》け、サイレンを鳴らして進んだ。

バラードはイヤフォンを挿し直し、ミューズの「ディグ・ダウン」の推進力のある歌詞に耳を傾けた。

道を見つけねば
われわれは争いに加わったのだ

十二分後、一行はキッドの自宅から三ブロックのところにある、合流地点に達した。そこで礼儀と手続きによって連絡を入れていたリアルト市警のパトロール警官二名と合流することになっていた。ゴンザレスの乗るSUVチームは、容疑者の自宅の反対側を一ブロックいったところに位置をとっていた。彼らはキッドが姿を現したという監視所からの連絡を待って動きだす予定になっていた。バラードは、ビショップ・ブリッグスの「ダークサイド」の中盤まで充分進んだところでイヤフォンを抜いた。進む用意が整っていた。ローヴァーに付いているイヤピースを耳に引っかけ、無線をチームが使っている単信方式のチャンネルに合わせた。

三分後、監視所から連絡が入った。バラードは監視員が車に乗っているのか、木の上にいるのか、近所の家の屋根にいるのか知らなかったが、彼はエルヴィン・キッドの人相書に一致する黒人男性が家の外に出て、工具箱を運搬用トレーラーのうしろに載せようとしていると報告した。キッドは出かける用意が整いつつあった。

次の無線連絡では、キッドはトラックのドアのところにいて、キーであけようとしていた。バラードの耳に総員入っていけというゴンザレスの命令が聞こえた。バラードが乗っているSUVがまえに揺れ、バラードの背中を座席に押しつけた。SUVが右折し、タイヤのきしむ音がすると、車はスピードを上げ、バラードの血流にアドレナリンが分泌された。もう一台のSUVが前方に見えた。ウインドシールド越しにバラードは、その車が現場に先に到着し、ピックアップ・トラックがドライブウェイを出ていく先に横になって停止するのを見た。ほんの一秒後、バラードの乗る二台目のSUVが正面の芝生で停止して、唯一の脱出可能な方向をふさいだ。

アドレナリンで昂奮した叫びを上げながら、特殊作戦隊の隊員たちが武器を抜いて車両から姿を現し、ピックアップ・トラックに乗っている怪しむことを知らない男に武器を向けた。

「警察だ！　両手を見せろ！　両手を見せるんだ！」

事前に計画し、ゴンザレスに命じられたように、バラードはSUVの後部座席に残って、キッドの身柄が確保され万事安全になった、という連絡を待った。だが、体を横向きにひねっても、SUVのあいたドアからは、ピックアップ・トラックの運転台ははっきり見えなかった。なにが起こっても不思議ではない瞬間だとバラードはわかっていた。突然の動きやコソコソとした動きをしたり、なんらかの音を――無線のキーキー音ですら――立てたりすれば、一斉射撃が起こりかねなかった。バラードはゴンザレスからの連絡を待たないと決めた――最初からうしろに残っていることに反対していたのだ。バラードは安全な側からSUVを降りた。銃を抜き、車の後方からまわりこんだ。自分の服の上から防弾チョッキをつけてストラップで留めていた。

SUVのまわりをまわって、ピックアップ・トラックのフロント部分が見える角度に達した。キッドがなかにいるのが見えた。指を伸ばして、てのひらをステアリングホイールに置いていた。降参しようとしているように見えた。

隊員たちの声が立てる騒音はゴンザレスからの一声の命令に静まった。指揮官はキッドにトラックを降り、後ろ向きに警察官のほうに歩いてくるよう命じた。数分が経過したように思えたが、実際には数秒しかかかっていなかった。キッドはふたりの警官につかまれ、地面に倒され、手錠をはめられた。そののち、彼らはキッドを立ち上がらせ、トラックのボンネットに前傾姿勢になるようにさせて、武器の有無を調べた。

「これはなんだ？」キッドは抗議した。「おれの家に押しかけてきて、こんなことをするとはどういうことだ？」

バラードは無線のイヤピースから自分の名前が呼ばれるのを聞いた。バラードが入っていって、キッドと話しても安全だというキューサインだった。バラードは武器をホルスターに納め、ピックアップに歩いていった。アドレナリンで声帯が締めつけられて、自分の声が高くなっているのにバラードは驚いた。少なくとも自分の耳には、幼い少年の声のように聞こえた。

「エルヴィン・キッド、あなたは殺人と殺人共謀の容疑で逮捕されます。あなたには発言しない権利があります。あなたが口にすることは、法廷であなたに不利な証言になりえます。あなたには弁護士を呼ぶ権利があります。もし弁護士費用を払えないのなら、ひとりの弁護士をあなたに提供できます。わたしがいまあなたに読み上げたこうした権利をあなたは理解しましたか？」

キッドは首をひねってバラードを見た。

「殺人だと？」キッドは言った。「おれがだれを殺したんだ？」

「あなたは自分の権利を理解しましたか、キッドさん？」バラードは言った。「あなたが答えるまでわたしはあなたと話ができないのです」

「ああ、ああ、おれのクソッタレな権利を理解した。いったいおまえらはどいつもこいつもおれがだれを殺したと言ってるんだ？」

「ジョン・ヒルトンです。彼を覚えていますか？」

「いったいだれの話をしているのかわからん」

バラードはこういうふうに話をそらそうとするのを予想していた。また、キッドと対峙《たいじ》するのは、いまが唯一の機会になるかもしれないと予想していた。彼は弁護士を要求する可能性が高く、バラードは二度とふたたび彼に近づくことはないだろう。また、すぐにこの事件から遠ざけられるのもわかっていた。なぜなら、バラードの制限を超えた行動のすべてが、キッドの逮捕とともに浮かび上がるだろうからだ。バラードがいまからやろうとしていることをするのに正しい場所ではなかったが、バラードにとって、いまか、二度とないかだった。バラードは尻ポケットからミニレコーダーを取りだし、再生ボタンを押した。盗聴したキッドとマーセル・デュプリーの会話の録音は、ある箇所にキューを合わせていた。キッドはその装置から自分自身の声が聞こえるのを耳にした。

あの当時、おれがやらなきゃならなかった仕事のひとつだ。おれに金を借りすぎた白人の若造がいたんだ。

バラードはレコーダーを止め、キッドの反応をうかがった。因果応報を告げる運命の紡ぎ車がまわり、キッドがデュプリーから受け取った電話で止まろうとしているのが見えた気がした。最後の自由の瞬間を自分は味わっているのだとキッドが理解したのがわかった。

「いまからあなたをLAに連行します」バラードは言った。「そしてわたしと話す機会があなたにはある――」

バラードは耳のなかで声が聞こえて、口をつぐんだ。監視所の男からだ。

「だれかが出てくる。黒人女性。白いバスローブを着ている。彼女は……持っている……銃を！　銃だ！　銃だ！」

全員が反応した。武器が抜かれ、特殊作戦隊の隊員は全員家の正面を向いた。二台の黒いSUVのあいだの狭い空間越しにバラードは玄関ドアからドライブウェイにつづいている石敷きの歩道にいる女性を見た。彼女はオーバーサイズのローブを着ていた――たぶん夫のローブだろう――それによって袖のなかの拳銃が隠れていた。その銃が袖から出て、上に向かおうとしていた。そして彼女は叫んでいた。

「その人を連れていかせないよ！」

その女性の目がバラードを見た。バラードは二台のSUVとピックアップのあいだの空間になにも守るもののない標的として立っていた。バラードは銃の代わりにレコーダーを手にしていた。

バラードは女性の腕が上がってくるのを見た。まるでスローモーションのように見えた。だが、そこでその動きは止まり、銃の角度はまだ下を向いたままだった。次の瞬間、女性の側頭部が血と組織を吹き飛ばして爆発した。バラードには遠くからの銃声すら聞こえていなかった。それが監視所から飛んできたのだとバラードはわかった。

女性の膝がまえに折れ、彼女はおそらく夫がひとりで自分たちの家に敷き詰めたのであろう石の歩道に背中から倒れた。

警察官たちが銃を確保し、女性の様子を確認するため、まえに突進していった。バラードは本能的にその方向から一歩飛《と》び退《の》き、そののちキッドのことを思いだした。

バラードはキッドのほうに振り返った。だが、彼は姿を消していた。

バラードは道路に駆けだし、キッドが走っているのを見た。後ろ手に手錠をはめられたままで。バラードは彼を追いかけ、ほかの連中に怒鳴りつけた。

「容疑者が逃亡！」

キッドは工事現場用のブーツをはいて、両腕をうしろにまわして走っているその年の男にしては速かった。だが、一ブロック分を走らぬうちにバラードは追いつき、手錠と手錠のあいだのチェーンをつかんで、止めることができた。

こんどはバラードは銃を抜き、それをふとももの横に当てて動かぬようにしていた。

「あいつを殺したのか？」キッドは息を切らしながら言った。「おまえらマザーファッカーどもはあいつを殺したのか？」

バラードも息を切らしていた。返事をするまえに空気を吸いこもうとした。汗が首と頭皮に浮き上がってくるのを感じた。SUVの一台がこちらに向かって突進してきた。いますぐ彼らがキッドをつかまえ、バラードはこれがキッドとの最後の瞬間になるだろうとわかっていた。

「もしわれわれが彼女を殺したとしたら、それはあんたのせいだよ、エルヴィン」バラードは言った。「みんなあんたのせいだ」

42

シンシア・キッドの殺害で、非常事態対応車両《クリティカル・インシデント・ヴィークル》がやってきた。それは全長九百七十五センチのＲＶ車で、移動式事案指令センター兼取調室として転用されたものだった。ＣＩＶは、キッドの自宅から二軒離れたところに駐車していた。まえの道路は一ブロック分の両端でテープによって封鎖されており、報道陣は最寄りの地点で張り番をしていた。物理的捜査と科学的捜査がその家で継続しており、朝の事案に関わっている全警察官が、警官による武器使用調査課《フォース・インヴェスティゲーション・ディヴィジョン》の刑事たちにＣＩＶの第二室で事情聴取されていた。その部屋は、完璧な直方体をしていることから、「箱《ボックス》」と命名されていた。

ＦＩＤの刑事たちは、特殊作戦隊の警察官たちをひとりずつ調査し、まずい事態に陥った逮捕について調べた。バラードは最後に訊問される人間としてリストに載せられた。それぞれの警察官は、組合の弁護代理人を同席させていた。なぜなら、彼らはみな、武器使用調査の結果がそれぞれのキャリアパスを決定しかねないとわかっていたからだった。すべてに重たい沈黙が垂れこめていた。それは戦術上、致命的な失敗だった。高度の訓練を受けたSWATチームが逮捕された容疑者の妻を殺害したのだ。それに加えて、死んだ女性は黒人であり、そのことが大規模な大衆からの詮索と抗議を否応《いやおう》なく引き寄せるだろう。被害者が武器を持っていなかったのに銃で撃たれたという噂が否応なく広がるだろう。真実の話は——たとえそれもそれなりにひどいものだったにせよ——公開討論の場で磨《す》り潰《つぶ》すための意図や腹に一物ある者の必要性に応じて、歪曲《わいきょく》されるだろう。現場のだれもがそのことを知っており、結果的に恐怖の毛布がリアルトの住宅地域での手続きに重くかぶさっていた。

バラードがようやく聴取されたときは、発砲事案が起こってから三時間ほどが経っていた。キャスリン・メローニという名のFIDの刑事とのセッションは、二十六分間つづき、バラードがキッド逮捕のあいだに用いた戦術《タクティクス》と、逮捕チームが用いていたのをバラードが外から見ていたタクティクスにほぼ集中していた。バラードの弁護代理人、テレサ・ホーマンは、たまたまバラードのポリス・アカデミー時代の同級生で、ふたりは女性訓練生のトップとしてあらゆる肉体的な課題でつばぜり合いを演じ、いつも訓練後アカデミーのクラブでビールの乾杯を交わした間柄だった。バラードがホーマンに代理人になるよう頼んだのはその絆《きずな》があったればこそだった。

訊問の最後の瞬間まで、バラードは、ミスあるいはまずい戦術として、自分や、特殊作戦隊に跳ね返ってくる可能性のある回答はしなかったと思っていた。すると、メローニは引っかける目的の質問をぶつけてきた。

「どの時点で、あなたはゴンザレス警部補あるいはほかのだれかがだれかに玄関のドアを見張れと、または守れと命じるのを聞きましたか？」メローニは訊いた。

バラードは数秒かけて回答を紡いだ。ホーマンが耳元で、その質問にいい回答は存在しない、と囁いたが、バラードは返事をしなければならなかった。

「叫んでいる声がたくさん聞こえました」バラードはようやく答えた。「トラックのなかにいるエルヴィン・キッドを怒鳴りつける声が。わたしはキッドと逮捕における自分の役割に集中していました。そのため、命令が下されたときにそれは聞こえませんでした」

「命令はあったけど、それが聞こえなかったとあなたは言っているんですか？」メローニは訊いた。「あるいは、命令は下されなかったと言っているんでしょうか？」

バラードは首を横に振った。

「あのですね、それにはどちらにせよ、答えられません」バラードは言った。「わたしは自分がやっていることと、やらねばならないことに極度の集中をしていたんです。そのようにわたしは訓練を受けています。わたしは訓練に従いました」

「作戦に先立つ計画立案会議に戻りましょう」メローニが言った。「あなたはゴンザレス警部補に容疑者が結婚していることを話しましたか？」

「話しました」

「妻が自宅にいる可能性があると警部補あるいはチームのメンバーに話しましたか？」

「われわれ全員が知っていたと思います。早朝に逮捕をおこなうのですから、妻が現場にいることをわれわれは予想できました。家のなかにいるのを」

「ありがとうございます、バラード刑事。きょうはここまででけっこうです」

メローニはレコーダーを切ろうと手を伸ばしたが、途中でその手を止め、バラードのほうを向いた。

「あともうひとつ」メローニは言った。「キッド夫人の殺害は、本日、警察職員の命を救った可能性があったと信じていますか？」

今回バラードは間を置かずに答えた。

「絶対的にイエスです」バラードは言った。「つまり、われわれは全員防弾チョッキを着用し、隊員たちは防弾ヘルメットなども着用していましたが、だれも確実なことはわかるはずがありません。ですが、わたしはピックアップ・トラックのまえのひらけた場所に立っており、彼女はわたしを撃つことができたんです。すると、一瞬、彼女はためらい、そのときに撃たれたんです」

「もし彼女がためらったのなら、彼女には発砲する意図がなかったからだと思いますか？」メローニは訊いた。

「いえ、そういうのじゃありませんでした。彼女は発砲するつもりでした。わたしにはそれが感じられました。ですが、彼女はためらった。自分と夫とのあいだにわたしがいたからです――夫が走り去るまでは、そういう状況でした。発砲して、わたしに命中しなければ、夫を撃ってしまうかもしれないと考えたのだとわたしは思います。ですから、そのとき彼女はためらったのです。そのあとで彼女は撃たれ、おそらくそれがわたしの命を救いました」

「ありがとうございます、バラード刑事」

「どうも」

「もしこの部屋に残っていてもかまわないなら、次にあなたの警部がここに来て、あなたと話をしたいそうです」

「わたしの警部？」

「オリバス警部です。今回の事件を彼の下で調べていたんですよね？」

「ああ、そうです、そのとおり。すみません、まだ昂奮がおさまらなくて」

「わかります。では、警部をお通しします」

バラードはオリバスが現場にいることに驚いた。市内からここまで一時間以上かかるので、彼がＦＩＤの捜査に関わるとは予想していなかった。頭をフル回転させると、オリバスがエルヴィン・キッドにつながったこの事件について情報を伝えられたはずだと悟って、バラードは恐怖を覚えはじめた。オリバスはバラードがなにをやったのかわかっている。

「あなたとふたりだけで話をしたいと言ってたわ」ホーマンが言った。「それはかまわない？」

バラードとテレサは、いまもときどきビールを飲むために会っていた。市警でのおたがいの進む道はとても異なっていたとはいえ。バラードは以前にオリバスとのいきさつをホーマンに話していた。

「それか、残っていてもいいわ」ホーマンは言った。

「いいえ」バラードは言った。「大丈夫。こっちへ通してちょうだい」

正直なところ、バラードは、ことのなりゆきの、あるいは次に起こることの証人を欲していなかった。たとえその証人が自分の友人であり、弁護代理人であったとしても。

テレサが立ち去ると、オリバスがCIVに入り、外側の部屋を通って、ボックスに足を踏み入れた。彼は黙ってテーブルをはさんでバラードの向かい側の席に座った。一瞬、バラードをにらみつけてから、オリバスは口をひらいた。

「どのような手を使ったのかわかってるぞ」オリバスは言った。

「手って？」バラードは訊いた。

「盗聴の捜索令状にわたしのサインを使った」

バラードは真実を否定しても無駄だとわかっていた。それはここでは正しい動きではなかった。

「それで？」

「わたしは喜んでそれに乗るつもりだ」

「なぜ？」

「なぜなら、あと一年でわたしは引退するからだ。あらたにおまえと戦う必要はないし、いまのところ、これはわたしのあらたな手柄になる。われわれは殺人犯を逮捕し、三十歳の事件を解決した」

「われわれ？」

「そういうことになるんだ。われわれはふたりとも勝利をおさめる。おまえはバッジを失わずにすみ、わたしは立派に見える。それが気に入らないわけがあるだろうか？」

「頭を吹き飛ばされたあの女性は気に入らないなにかがあるかもしれませんね」

「人は強いストレスがかかった状況では、馬鹿げたことをするものだ。ギャングの妻だって？　この件での反動はないだろう。少なくとも内部的には。抗議はあるだろうし、ブラック・ライヴズ・マターやその手のことも起こるだろう。だが、内部的には、彼女はこの方程式のなかではたいしたものじゃない。彼女は巻き添え被害《コラテラル・ダメージ》だ。わたしが言わんとしているのは、バラード、わたしはこの件でおまえをへこますことができるということだ。バッジを取り上げられる。だが、そういうことはしない。この件はおまえの功績だということにしてやろう。そしてわたしに功績を返してもらおう」

　バラードはなにが起こっているのかわかった。市警の幹部たちは、たがいに監視しあっているのが知られていた。オリバスは引退するまえにもう一段階の昇進を狙っていた。

「副本部長になりたいんでしょ?」バラードは言った。「副本部長級の年金をもらって引退する。それは美味しいわね。それに企業の安全対策の嘱託を加えれば、左うちわで暮らせるってもんでしょ、はっ? ビーチで寝そべって暮らせる」

市の年金額は、退職時の給与に基づいていた。幹部クラスの引退直前の昇進は、市警において長い歴史があった——市の納税者たちがその費用を払ってきた。また、一般職員のあいだでは、懲罰的降格の歴史があった。それによって年金と賞与を下げられた。ふいにハリー・ボッシュが引退後に関わった法廷闘争のことがバラードの脳裏に浮かんだ。詳しいことを全部知っているわけではないが、ロス市警はボッシュをこてんぱんにしようとしていたはずだ。

「わたしの仕事はわたしの仕事だ」オリバスは言った。「いまここでわれわれがしなくてはならないのは、行動方針を決めることだ」

「最後にあなたがわたしを潰そうとしないとどうしてわかります?」バラードは言った。

「それを訊くだろうと思ってた。だから、われわれはこうするんだ——ここの状況が落ち着いたら、われわれはLAに戻り、記者会見をひらく——おまえとわたしがだ

――そして、われわれが話をする。そこがおまえの強みになる。いったんおおやけの記録になれば、わたしが辞めるまえに回れ右して、おまえになにかをしたら、わたしが悪い印象を与えることになる。おわかりか？」

　自分の抑圧者であり天敵である人間といっしょに記者会見をひらくという考えに吐き気を覚えた。

「記者会見はパスします」バラードは言った。「ですが、あなたと手柄をわけあい、バッジを守るのに異論はありません。それに、強みは要りません。もしあなたが辞めるまえにどんな形であれわたしに仕返しをしようとしたら、この汚いちっぽけな取引のことを世間に公表するつもりですし、そうなったらあなたは副本部長ではなく警部として辞めることになるでしょう。おわかり？」

　バラードはふとももに手を伸ばし、携帯電話を持ち上げた。それをテーブルの上に置く。録音アプリが画面上に起ち上がっていた。記録されているファイルの経過時間は、三十一分以上だった。

「ルールその一」バラードは言った。「もし内務監査課《IA》やＦＩＤが訊問を記録するなら、対象者もみずから記録してかまわない。安全のために。わたしはたまたま切り忘れたみたいです」

怒りで血がのぼり、オリバスの目のまわりの皮膚がこわばるのをバラードは見た。

「落ち着いてください、警部」バラードは言った。「そんなことすればわたしたちふたりとも悪い印象を与えることになります。わたしを痛めつけなければ、わたしはあなたを痛めつけない。そこがポイントです、おわかりですか？」

「バラード」オリバスは言った。「おまえの外見以外にわたしが気に入っているところがある、と端からわたしは思っていた。おまえは狡猾《こうかつ》な牝犬であり、わたしはそこが気に入っている。ずっと気に入っているんだ」

オリバスはその言葉でこちらを傷つけ、注意をそらすことができると思っているのがバラードはわかっていた。オリバスは携帯電話をスワイプしようとしたが、バラードは準備ができていたので、テーブルから携帯電話をどけた。オリバスの手がバラードの手の上をかすめた。バラードは立ち上がり、椅子がうしろに倒れてアルミの壁にぶつかった。

「これを巡って戦いたい？」バラードは訊いた。「あんなことをされて以来、わたしは強くなったんだ。てめえのケツを蹴り飛ばしてやる」

オリバスは座ったままだった。てのひらをまえに向けて両手を掲げた。

「落ち着け、バラード」オリバスは言った。「落ち着け。そういうのは馬鹿げている。わたしはいま話したことで満足だ。決まりだ」

車両の薄い壁に椅子が当たった音に驚いて、ＣＩＶのドアがあき、テレサ・ホーマンが覗きこんだ。

「なにか問題がありましたか？」ホーマンが訊いた。

「問題ない」オリバスが答えた。

ホーマンはバラードを見た。彼女はオリバスの言葉を額面どおり受け取ってはいなかった。バラードはうなずいた。それではじめてホーマンは引き下がり、ドアを閉めた。

バラードはオリバスに視線を戻した。

「じゃあ、決まりということで？」バラードが訊いた。

「わたしはイエスと言ったぞ」オリバスが言った。

バラードは録音アプリを切り、携帯電話をポケットに戻した。

「ただし、ほかにひとつ頼みがあります」バラードは言った。「正確には、ふたつです」

「なんてこった」オリバスは言った。「なんだ？」

「もしエルヴィン・キッドが話をする気になったら、わたしが訊問をします」

「問題ない──だが、あいつはけっして降参しないだろう。そんなことをすれば、ムショのなかで殺される。あいつの嫁さんが殺されたことについてＦＩＤが質問しようとしたら、出ていきさらせと怒鳴っているのが聞こえた。訊問なしだ。あいつは弁護士を要求した」

「わたしはたんに提案しているだけです。わたしの事件であり、わたしの訊問なのですから──もしおこなえるとしたら」

「けっこうだ。もうひとつはなんだ？」

「放火事件です。わたしを戻してください」

「そんなことは簡単には──」

「深夜の犯行でした。あなたには深夜担当の刑事が必要です。そのようにあなたは言い、そのようにするんです。事件のほかの担当者にこう言うんです──あす八時にブリーフィングをして、わたしに最新状況の説明をさせる、と」

「オーケイ、わかった。だが、強盗殺人課の担当事件であり、うちの連中が捜査責任者であることにかわりはないぞ」

「けっこうです。じゃあ、これで用件はすみましたね」

「それから、その打合せのまえに、わたしの机に要約報告書を提出してもらいたい」

「問題ありません」

バラードはドアのほうを向いた。バラードがドアを出ようとすると、オリバスが声をかけた。

「気をつけろよ、バラード」

バラードは振り返って、なかにいるオリバスを見た。それは無力な脅しだった。バラードはユーモアの欠片もない笑みをオリバスに向けた。

「あなたも気をつけるんですね、警部」バラードは言った。

43

その夜、バラードは点呼のあとの勤務時間の大半をヒルトン事件の最終要約報告書を書き上げることに費やした。完全なものにしなければならなかったが、三つの点で、注意を要した。ひとつは、ハリー・ボッシュの存在を消しておくことで、二つめは、指揮系統とプロトコルに沿った上で許容できる形でオリバスを含めることだった。三つめがもっとも困難な点だった。直属の上司であるマカダムズ警部補を、今回の事件捜査において蚊帳の外に置いていた。報告書のなかでオリバス警部の指揮に従って行動していたと言えば、多くのことがごまかせるが、バラードの行動がマカダムズとの関係に与えるであろうダメージを軽減する役には立たなかった。すぐにでもマカダムズと膝詰めで、事態を取り繕うようにしなければならないとわかっていた。愉快な会話にはならないだろう。

焦点を変え、目をリラックスさせようとしてコンピュータから立ち上がると、一度だけ休憩することにした。バラードは刑事車両でタコス・トラックまで出かけ、持ち帰りの食事を買おうとした。

ジゴベルトがまたひとりで働いていた。だが、このときは、少なくとも宵っ張りたちの列ができて忙しくしていた。午前四時に閉まったばかりのクラブから出てきた三人の若い女性客とふたりの男性客がいた。バラードは順番を待ち、たったいま出てきたばかりの場についての退屈な雑談を男女が交わしているのを聞いていた。注文するまで新鮮なシュリンプが残っていればいいのだが、と願った。

男のひとりがバラードの上着の隙間からベルトのバッジが覗いているのに気づき、彼らの話は囁き程度に小さくなり、やがてグループの合意に基づいて、彼らはバラードに先頭を譲ろうとした。彼女があきらかに働いているのに、自分たちは働いていないのだから、どうぞお先に注文してくれ、と。バラードはその親切な申し出を受けることにして、シュリンプ・タコスを頼んだ。ジゴベルトが注文に応えるのを待っているあいだ、バラードは男女からの決まり切った質問に答えた。

「事件かなんかなんですか？」女性のひとりが訊いた。

「つねに事件があるわ」バラードは言った。「わたしは墓場シフト《レイトショー》で働いているの――いわゆる深夜勤務で。ハリウッドではつねになにかが起こっているのでそう呼ばれている」

「へー、じゃあ、いまはなんの事件を担当しているの?」

「そうね、ひとりの若者の関わっている事件――あなたたちと同い年くらいの。その子はまちがった時間にまちがった場所にいたの。ドラッグを売ってる路地で撃たれたの」

「撃たれて死んだ?」

「ええ、死んだ」

「それってクレージー!」

「ここいらではクレージーなことが頻繁に起こっている。あなたたちも気をつけなさい。悪いことが善人にも降りかかるの。だから、離ればなれにならず、安全に家に帰って」

「はい、お巡《まわ》りさん」

「実際には刑事よ」

バラードは料理をテイクアウト・ボックスに入れて分署に持ち帰り、裏の廊下の身柄確保用ベンチに手錠でつながれているシャツを着ていない全身タトゥまみれの男のそばを通った。借りている仕事スペースで、バラードは、食べかすをキーボードにこぼして、この机の昼間のオーナーから苦情が出ないよう気をつけて食べながら、報告書作成をつづけた。フォイルの包みがすべてを温かく保ってくれ、シュリンプ・セビーチェ・タコスは、ここまで戻ってきても風味を失っていなかった。

夜明けに報告書のコピーを三部プリントアウトした——一部はマカダムズ警部補用で、個人的面談を求めるメモをつけて警部補のインボックスに入れた。一部は自分用で、バックパックに収めた。三番めのコピーは、オリバス警部用だった。それを新しいファイルフォルダーに入れ、手にしたまま駐車場を横切って、自分の刑事車両に向かった。

ハリウッド分署の駐車場を出て、ダウンタウンに向かおうとするとすぐ、携帯電話が振動した。ボッシュからだった。

「ということは、ロサンジェルス・タイムズでキッド事件について読まねばならないんだな？」

「ほんとにごめん。わたしは走り回っていたし、真夜中にあなたに電話をする気になれなかったんだ。いま署を出たところで、もうすぐあなたに電話をかけるところだった」

「その言葉を信じるよ」

「そのつもりだったんだって」

「で、連中はあいつの嫁さんを殺したんだ」

「ひどいよね。わかってる。だけど、彼女かわたしたちかの状況だったの。ほんとに」

「その件で叱責されそうか？　きみはどうなんだ？」

「わからない。連中はヘマをこいた。だれも玄関のドアを見張っていなかった。するとと彼女が出てきて、そこからまずいことになった。わたしはただの同乗者だったから、大丈夫だと思うけど、あの連中はたぶん全員、お手紙をもらうでしょうね」

バラードが言ってるのは、人事ファイルに譴責記録《レター・オブ・リプリマンド》が記載される意味だとボッシュにはわかるだろう。

「少なくともきみは大丈夫なんだな」ボッシュは言った。

「ハリー、あの女はわたしを撃つ寸前だったと思ってる」バラードは言った。「次の瞬間、彼女は撃たれた」

「そうか、じゃあ、彼らは監視所に正しい男を配置していたんだ」

「それでもね。わたしたちは目と目があったの。それが起きたとき、彼女はわたしを見ていた、わたしも彼女を見ていた。そして……」

「くよくよ考えないほうがいい。その女性は選択をしたんだ。それはまちがった選択だった。キッドは話しているのか？」

「弁護士を要求して、話はしていない。妻の件で市を訴え、大物弁護士を雇うだけの金をぶんどれると思っているんじゃないかな、ひょっとしたら、あなたのお仲間のハラーを」

「どうだろう。彼はもう自分から殺人事件を引き受けないんだ」

「ああ、そう」

「で、ヒルトン事件へのおれの関与に関して、呼びだしがかかると思っておいたほうがいいのかな？」

「かからないと思う。いま報告書を仕上げたところで、あなたのことは省いておいた。未亡人が夫の死後、殺人事件調書を発見し、それを返却するため、友人に連絡を取った、とわたしは書いた。あなたの名前は報告書のどこにも書かれていない。あなたにはなんの問題もおきないでしょう」

「それを知ってありがたい」

バラードはサンセット大通りのランプを下って、１０１号線に入ろうとしていた。フリーウェイは混んでおり、のろのろとしか進まなかった。

「いまからオリバスに報告書を持っていくところ」バラードは言った。「いずれにせよ、市警本部ビルで打合せがある」

「なんの打合せだ？」ボッシュが訊いた。

「このまえの夜、わたしが取り組んでいた放火殺人事件の打合せ。わたしはその捜査に戻るの。それを調べるのに手を貸す深夜担当の刑事が必要とされている。それがわたし」

「まるで、彼らがようやくそれに気づくくらい賢くなったように聞こえるが」

「願えばかなうの」

「それもオリバスだろ？　彼の担当事件のひとつだ」

「ええ、彼は警部なの。だけど、ふたりの刑事とロス消防局の人間といっしょに働くことになる。で、あなたはなにをしてるの？」

「モンゴメリーだ。おれはあることを仕掛けている。そのうちわかるだろ――ああ、忘れるところだった、きみに話したオレンジ・シティのやつ、女子大生が住んでいる家に侵入を繰り返したやつのことを覚えているかい？　そいつが捕まった」

「すばらしい！　どうやって？」

「土曜の夜にある家に侵入したんだが、ボーイフレンドが泊まっているのを知らなかったんだ。そのボーイフレンドがそいつをつかまえ、多少痛めつけてから、警察を呼んだんだ」

「お手柄ね」

「昨夜、オレンジ市警のひとりに連絡した——おれがマディの家を見張っている件で、事前に連絡しておいた相手に。彼の話によると、犯人は赤外線レンズのついたカメラを持っていたそうだ。それでベッドで寝ている女の子たちの写真を撮っていた」

「ひどいもんだね。そいつは一般社会から追放するべきだし、戻ってこさせるべきじゃない。そいつは先に進むよ、どういう意味かわかってるでしょ？」

「そこが問題だ。たとえこの事件がどれほど歪《ゆが》んだものであっても、現状では、そいつの罪状は、人が住んでいる住居への不法侵入だけだ。同様の侵入事件のときのDNA検査が戻ってくるまでは。いまのところ、警察が気にしているのは、そいつが保釈され、行方をくらますことだ」

「クソ。で、そいつは何者なの？　学生？」

「ああ、娘とおなじ学校に通っている。キャンパスから女子学生を家まで尾行し、あとで戻ってきて侵入し、写真を撮っているらしい」

「DNA検査を急がせてほしいな」

「急がせている。それにオレンジ市警のおれの知り合いは、そいつが保釈されたら、連絡してくれることになっている。罪状認否はけさに予定されており、判事に高額の保釈金を設定するよう要求する検事補に頼むつもりだという」

「娘さんは、あなたが土曜日の夜ごとに来て、家を見張ってくれているのを知ってるの？」

「正確には知らない。知ってれば、ますます娘を不安にさせるだけだろう」

「そうね、わかった」

そのあと、通話は終わった。バラードはアルヴァラド・ストリートでフリーウェイを降り、残りの行程はファースト・ストリートを進んで、ダウンタウンに入った。打合せ時刻にはまだ時間があり、市警本部の大半の職員よりも早く来てしまった。バラードは市警本部の下にある駐車場で好きな場所を選べた。

オリバスに設定された打合せ時刻の二十分まえにバラードは強盗殺人課の入っている階に上がった。刑事部屋に入って、自分のことを嫌っていると思われる人たちとの世間話に耐えるより、外の廊下を歩いて、強盗殺人課の歴史を描いた額入りポスターを眺めることのほうを選んだ。バラードが強盗殺人課で働いていたとき、そんなことをする暇があったためしがなかった。強盗殺人課が設立されたのは、五十年まえで、ロバート・ケネディの暗殺の捜査で、非常に複雑で重大で——政治的にあるいはマスコミ向けに——取り扱いに注意を要する事件が発生したとき、それを扱う捜査員のエリート・チームの必要性があきらかになったあとでだった。

バラードは、マンスン・ファミリーの殺害事件から、ヒルサイドの絞殺魔、グリム・スリーパーにいたる数多くの事件の写真や説明文を載せているポスターの横を歩いた——世界じゅうで知られており、ロス市警の評判を固めるのに役立った事件。また、それらの事件はどんなことでも起こりうる——どんなひどいことでも起こりうる——場所としてこの都市の評判を確立した。

強盗殺人課への所属には、それにともなう団結心《エスプリ・ドウ・コール》がまちがいなくあったが、バラードは女性であるので、それを百パーセント感じることは一度もなく、そのことがずっと気になっていた。いまは、それがプラスに働いていた。なぜなら、一度も感じることがなかったものを惜しいと思わないからだ。

エレベーター乗り場のほうから話し声が聞こえ、廊下に目をやると、消防局の放火担当であるヌチオとスペルマンがホールを横切り、強盗殺人課のメインドアを通ってくるのが見えた。ふたりとも早かった——オリバスが打合せ開始時刻に違う時間を伝えていたのでないかぎり。

バラードはもうひとつのドアからなかに入った。刑事部屋の反対側にあるドアだった。中央通路を通り、さらなる歴史のポスターや何枚かの映画ポスターの横を通り過ぎて、殺人事件特捜班が使用する作戦司令室に到着した。バラードは司令室のなかに入り、最初に到着したのがヌチオとスペルマンで、オリバスと彼の部下たちがここに来るまえにふたりと話ができれば、と期待していた。

だが、そのようにうまくはいかなかった。バラードが一回ノックして、作戦司令室に入ると、前回その場にいたのとおなじ五人の男たちがまったくおなじ場所に座っているのが目に入った。そこにはオリバスも含まれていた。彼らは打合せの途中で、バラードがドアをあけた瞬間に話すのをやめた。全員が少なくとも十五分は早く来ていることから、バラードは、オリバスが部下たちに早い開始時刻を伝えていた証拠として受け取った。たぶんバラードが到着するまえに、事件に彼女を加えるにあたっての対処方法を話し合うためだろう。それはオリバスがほかの捜査員たちにバラードを寄せつけないよう指示することが主なんだろう、とバラードは推測した。それはバラードが方向転換させなければならないことになるだろう。

「バラード」オリバスが言った。「座りたまえ」

オリバスは長方形のテーブルの短辺にある席を指し示した。そこに座ると、オリバスと向かい合う形になり、ふたりのロス消防局調査官はバラードの右側に、ふたりの強盗殺人課刑事ドラッカーとフェルリータは左側になる。テーブルの上には、ほんの数ページしかない殺人事件調書、ほかに数冊のファイルがあり、そのうちの一冊は調書より分厚かった。

「ちょうどきみのことと、われわれが本件にどう取り組むかについて話をしていたところだ」オリバスは言った。

「ほんとですか？」バラードは言った。「わたしがここに到着するまえに――すてきです。なにか結論は出ましたか？」

「まあ、まず手はじめに、ハリウッドの深夜勤務のきみをここに来させたのは、証人捜しがまだ重要だとわかったからだ。きみがそこですでに二度聞きこみをおこなっているのはわかっているが、その世界の連中は行き来が激しい。あの界隈をもう一度調べるのがいいだろう」

「ほかになにか？」

「まあ、はじめたばかりなんだ」

「そうですか、では、捜査の現状に関して最新状況の報告からはじめませんか？　わたしがみなさんに渡した壜はどうなりました？」

「いい考えだ。スクラップヤード、状況について要約してくれないか？」

ドラッカーはオリバスからの要請を受けて驚いた表情を浮かべた。彼は目のまえのテーブルに置いたファイルをひらき、たぶん考えをまとめるために、そのなかの事項を二、三確認してから口をひらいた。

「オーケイ、あの壚だが」ドラッカーが言った。「提案されたとおり、潜在指紋を調べ、被害者、エディスン・バンクスの親指の指紋と十二ヵ所の特徴点が一致していた。いい調子だった。昨晩、現場に出かけ、あの壚でわれわれが確証を得た以上、ほかになにか得られるものはないかどうか確認するため、きみが壚を入手した壚収集人を見つけ、再度聴取をおこなおうとした。残念ながら、彼は見つからず――」

「あなたは何時にそこへいったの？」バラードは訊いた。

「午後八時ごろだ」ドラッカーは答えた。「一時間探しまわったが、見つけられなかった」

「遅くなるまで巣に戻らないと思う」バラードは言った。「今夜、わたしが見つけます」

「そうしてくれるとありがたい」ドラッカーが言った。

その会話にはまごつきがあった。最初からやっておくべきだったことを自分たちはやっているのだと認めている――ハリウッドの闇の時間の専門家を引き入れることを。

「壜にはほかの指紋はあったの？」バラードは訊いた。

ドラッカーは目のまえの報告書のページをめくった。

「ああ」ドラッカーは言った。「掌紋をひとつ見つけた。それは〈メイコーズ〉の経営者であるマルコ・リンコフの酒類販売免許に登録されているものと一致した。あの酒壜はその店で売られたものだとわれわれは考えている。われわれはリンコフと話をし、きみがわれわれに話してくれたビデオを見た。そこまでは全速力で到達した」

「で、酒壜を買ったのはビデオに映っていた女性だったの？」バラードは訊いた。

「彼女のヴァニティープレートの番号を追跡した――ワン・フォー・ユー、ツー・フォー・ミーを――そのプレートは、その日に同型同モデルのメルセデスベンツから盗まれたものであることが判明した。われわれのいまのところの結論は、あの女があの酒壜を買い、われわれの犠牲者に渡したというものだ。それが彼を殺す計画の一部だったかどうか、われわれにはわかっていない。いまのところまだ女の身元を突き止められていない」

「ATMはどうなの？　彼女はそこから現金を引きだしていた」

「彼女は本物の番号とPINが付いている偽造カードを使っており、カードの本当の持ち主は、ネヴァダ州ラスベガスに住む七十二歳の男性だった」

「ATMの防犯カメラは？　彼女の鮮明な写真は入手できた？」

「店のビデオに映っていただろ」フェルリータが言った。「彼女はカメラを手で隠していた。カメラの場所を知っていたんだ」

「写真はなしだ」ドラッカーがつけくわえた。

バラードは返事をしなかった。椅子にもたれかかり、新しい情報のすべてをじっくり検討した。謎の女の行動の複雑さは、非常に疑わしく、さらなる疑問を覚えた。

「よくわからないな」やがてバラードは言った。

「なにがわからないんだ？」オリバスが訊いた。

「この女性が容疑者だと思います」バラードは言った。「盗まれたプレート、盗まれたATMカード。だけど、なんのためです？　なぜ彼女はどこかほかの場所で酒壜を買わなかったのでしょう？　足がつきっこないどこかで」

「そうすりゃだれにもわからないよな」ヌチオが言った。

「まるで目撃されたいけれど、身元はバレたくないと思っているみたい」バラードは言った。「そこに解くべき心理の動きがある」

「心理の動きなどクソくらえ」ドラッカーが言った。「その女を見つければいいだけだ」

「わたしが言ってるのは、もし彼女を理解したら、それが彼女を見つけるのに役に立つかもしれないってこと」バラードは言った。

「なんとでもぬかせ」ドラッカーが言った。

バラードは相手に落ち着く時間を与えてから、質問をつづけた。

「オーケイ、ほかになにか？」バラードは訊いた。

「それで充分じゃないか？」フェルリータが言った。「この事件を引き継いでから一週間も経っていないし、その時間の大半をあんたに追いつくために費やした」

「で、わたしがいなければ、いまあなたたちが手に入れているものもなかったのよ」バラードは言った。「被害者と遺言の検認の件はどうなったの？　それがそのファイルのコピー？」

バラードはドラッカーの隣に置かれた、テーブルのうえの分厚いファイルを指さした。

「そうだ」ドラッカーは言った。「二度目を通してみたが、本件に結びつくものはなにも見つからなかった。勘では事件だと思っていても証拠がなにも見つからない事件のひとつだ」

「だったら、それを見せてもらえる？」バラードは訊いた。「今夜、墁男が現れるのを車のなかで見張っているあいだに、読んでみる。そうしたらこの件でほかのみなさんとおなじくらいアップトゥデートできるでしょうから」

ドラッカーはオリバスのほうを向いて、承認を求めた。

「もちろん、かまわない」オリバスは言った。「きみのためにコピーを用意しよう。全力でやってくれ」

「だれかバンクスの家族と話をした人はいる？」バラードは訊ねた。

「弟に聴取するためきょうサンディエゴにいく予定だ」ドラッカーが言った。

「いっしょに来たいか？」フェルリータが訊いた。声に嚙みつくような調子が浮かんでいた。

「パスする」バラードは言った。「ふたりで対処できるでしょ。確信してる」

BOSCH

44

ボッシュは水曜日の午前中をクレイトン・マンリーとのフォローアップ・ミーティングのためのファイル集めに充てた。昨日弁護士から電話があり、事務所の訴訟委員会が、ボッシュの訴えをコミッション料金で引き受けることに賛成した、と伝えてきた。ボッシュは、キャリアのなかで担当した大半の重要事件——大半を解決したが、一部は解決できなかった——の書類を保管している箱から、セシウム盗難事件関連で取っておいた記録をすべて引っ張りだした。

それから電話を手に取ってかけ、きょうの午前中に予定されていた膝のリハビリテーションをキャンセルする伝言を残した。理学療法士が、次の治療にボッシュがいったときにキャンセルの件で文句を言うだろうとボッシュはわかっていた。そのせいですでに痛みを感じはじめていた。

二分後、携帯電話が振動をはじめ、ボッシュは理学療法士が、当日キャンセルなので、一回分の治療代は請求します、と言ってきたのだろうと思った。だが、電話の相手はミッキー・ハラーだった。

「あんたのお友だちの粘土男《クレイ・マン》があんたの言ったように電話をかけてきたぞ」

「粘土男とは？」

「クレイトン・マンリーだ。彼の電子メールには、〝マイケルスン&ミッチェルの粘土男《クレイマン》〟と書いてある。あんたの不法死亡訴訟を引き受けるので、年金関係の資料を送ってくれと頼んできた。あいつに自分はもう死にかけてるって言ったんだって？」

「死にかけているのかもな、ああ。で、協力してくれるんだろうな？　マンリーがきよう会いたいと伝言を残していた。だから電話をかけたにちがいない」

「あんたが協力しろと言ったんだから、協力する。あいつになにかの訴訟手続きをさせるつもりはないんだろ？」

「そこまでさせる気はない。おれはたんにあの場所のなかに入りたいんだ」

「で、理由は言ってくれないんだな？」

ボッシュは通話中着信のビープ音を耳にした。画面を確認すると、バラードからだった。

「まだ知る必要はない」ボッシュはハラーに言った。「いま出なきゃならない電話がかかっているんだ。あとでこの件で連絡する」

「了解、兄弟《ブロ》――」

ボッシュはクリックして通話を切り換えた。バラードは車に乗っているようだった。

「レネイ」

「ハリー、きょうなにかの用はある？　あることで話をしたいの。別の事件のことで」

「ダウンタウンで十一時に打合せがある。そのあとなら時間がある。いまビーチに向かっているところか？」

「ええ、だけど、二、三時間寝たら、あなたの用事が済んでから会えるわ。ランチはどう？」

「〈ムッソ〉はちょうど創業百年だ」

「完璧。何時にする？」

「おれの用が長くかかる場合に備えて、一時半にしよう。そうすればきみはもう少し眠れるだろう」

「じゃあ、そこで」

バラードは電話を切り、ボッシュは自分自身の事件がらみの作業に戻り、クレイトン・マンリーに渡す、慎重につくったファイルをまとめた。十時に自宅を出て、ダウンタウンでの約束に向かったが、前日のマンリーとの電話から、彼がちゃんとマイケルスン&ミッチェルで働いているのはわかった。

ボッシュはマンリーを前回訪問した際、四つのことに注目した。ひとつは、少なくとも二階分の弁護士がいる法律事務所で、マンリーのオフィスは、廊下の突き当たりという奥まったところにあり、ふたりの設立パートナーのオフィスとのあいだには何枚かのドアがあるだけだった。それには理由があるはずだった。とりわけ、マンリーがモンゴメリー判事と恥辱にまみれたいさかいを起こしたことを考えれば。その手のおおやけの場での叱責と辱めには、普通なら、その日が終わるまえに机を片づけて、出ていくようにという命令が下るはずだった。そうならずにマンリーは事務所のツートップの権力者のそばに居場所を保っている。

ふたつめにボッシュが気づいたのは、マンリーはどうやら個人付きの秘書や事務員を持っていないということだった——少なくとも彼のオフィスに座っている人間はいない。あの廊下には事務所のスタッフはだれもいなかった。ボッシュが通り過ぎたマイケルスンとミッチェルのオフィスのドアの向こうは、広いスイートルームにつながっており、玉座の部屋の入り口を守る事務員や秘書がそれぞれ揃っているのだろう、とボッシュは推測した。マンリーにそういう職員がいないのは理由があるにちがいないが、ボッシュは、十一時の打合せに際してそのことがどう影響を与えうるかに、より関心があった。

ボッシュが最初の訪問で気になった残りふたつは、マンリーのオフィスに、プライベート・バスルームや、目につくところにプリンターがないように見えたことだ。ボッシュの下した結論は、マンリーは事務所のどこかほかにある秘書や事務職員の共用バスルームや、ランクの低い事務所のメンバーが使っているプリンターに頼っている可能性が高いというものだった。

南へ向かう１０１号線に入るまえにミッキー・ハラーに電話を折り返すはずだったのをボッシュは思いだした。携帯電話をスピーカーにして、電話をかけた。ボッシュの運転しているジープは、ブルートゥースとして知られているものが存在するおよそ二十年まえに製造されたものだった。

「ボッシュ、こん畜生」

「途中で切っててすまん」

「問題ないし、かけ直してくれる必要もなかったんだ。言いたいことは言った」

「まあ、訊きたいことがあったんだ。マンリーは、なぜきみが自分を紹介してくれたんだと訊かなかったか？」

「実を言うと、訊いてきた」

「それで？」

「ほとんど聞こえないぞ。車内が静かな車に買い換えて、デジタル・サウンド・システムを入れるべきだ」

「考えておくよ。おれに推薦することについて、きみはマンリーになんて言ったんだ？」

「あんたが望んでいたことは、実際におれの専門分野の外にあると言ってやった。それに、昔、あなたはモンゴメリー判事にひどい目にあったんじゃないか、とも言ってやった。たとえどんな原因があったにせよ、弁護士仲間を辱めてほしくはないものだ、と言った。なので、好意的な注目を浴びられるかもしれない事件のようなので、あんたをそちらにいかせたんだ、と。それでよかったか？」

「すべて完璧だ」

「あんたがいったいなにを狙っているのかわからん、ブロ、だけど、おれを首にしてこいつを選ぶんじゃないことを願っているぞ。なぜなら、正直言って、おれならこいつに楽に勝てる――後ろ向きに走っていてもな」

「それはわかっているよ、ブロ、そしてこれはそういうプレーじゃない。まもなくわれわれは線路に戻る。この件ではおれを信用してくれ」

「年金訴訟のファイルを彼にバイク便で送っといた。万事解決したら取り返せるようにしといてくれ」

「そうする」

二十分後、ボッシュはマイケルスン＆ミッチェルの待合室のスエードのカウチに座っていた。膝の上に書類が詰まったファイルを置いていた。再度その場所の様子を把握し、弁護士や職員の顔をチェックし、螺旋階段を上り下りしているのはだれか見るため、ボッシュは早めにそこに来ていた。携帯電話をオンにして、この法律事務所の代表番号を呼びだして、待った。

ブザーが鳴り、受付カウンターの向こうにいる若い男性がその電話を受け取った。ボッシュは、彼が「いまお連れします」と言っているのを耳にした。

受付係は電話のヘッドセットを外して、カウンターをまわりこもうと席を立った。ボッシュは自分の携帯電話の通話ボタンを押した。

「いまからご案内します」若者は言った。「お水かなにかお飲みになりますか？」

「いえ、けっこうです」ボッシュは言った。

ボッシュは立ち上がり、付いていこうとした。すぐさま受付デスクの電話が鳴る音がした。受付係は自分の持ち場を振り返り、困った表情を浮かべた。

「いき方はわかっています」ボッシュは言った。「自分でいけますよ」

「ああ、ありがとうございます」若者は言った。

若者は電話に戻るため、その場を離れ、ボッシュは階段をまわりながら進み、クレイトン・マンリーのオフィスがあるホールにたどり着いた。携帯電話を取りだし、電話を切った。

ドアに名前のついているオフィスはみな左側にあった。そちら側はこの建物の外側であり、バンカー・ヒルを見下ろす窓がついていた。廊下の右側にはなんの印もついていないドアが二枚あった。マンリーのオフィスに向かいながら、ボッシュは両方のドアをあけた。もしオフィスにいるだれかを驚かせたなら、たんに迷ったんですと言えるだろう。だが、最初の部屋は狭い休憩室で、コーヒーメーカーと、カウンターの下に収まるハーフサイズの冷蔵庫が置かれていた。冷蔵庫のドアはガラスで、ブランド物の水とソーダが入っているのが見えた。

ボッシュは次のドアに移動したところ、大きな複写機が設置されている備品置き場になっていた。複写機の隣の書棚には、用紙や封筒やファイルが収まっていた。非常口もあった。

ボッシュはすばやくその部屋に入り、複写機をじっくり見た。それを動かなくさせる最も簡単な方法をとることにし、裏に手を伸ばして、電源コードをコンセントから抜いた。冷却ファンとデジタル画面が死んだ。

すばやく廊下に戻り、マンリーのオフィスまで歩いていくと、入るまえにゆっくりとドアを一度ノックした。マンリーが机の向こうで立ち上がった。

「ボッシュさん、お入りください」

「ありがとうございます。頼まれていた書類を持ってきました——放射線事件の」

「座ってください。この電子メールだけ送らせてください。実際にハラー弁護士宛てのメールなんですよ。あなたの年金調停に関係する書類を送っていただいたことにお礼を伝えるものです」

「いいですよ、どうぞ。彼との交渉はいかがでした?」

マンリーは画面に二言三言打ちこんでから、送信ボタンを押した。

「ハラー弁護士ですか?」マンリーは訊いた。「うまくいきましたよ。協力できて喜んでいるようでした。どうしてです? わたしが気づかなかったなにかがありましたんでか？」

「いえ、いえ、彼がとやかく言ったのかどうか知らないんです、ほら、訴訟案件を委ねることで」

「そうは思いません。協力するのに吝《やぶさ》かではない様子で、手持ちのすべての資料をバイク便で送ってくれました。あなたが持参されたものを見せてください。署名していただく契約委任状もここにあります」

ボッシュはファイルを机越しに手渡した。ほぼ二・五センチの厚さがあり、ボッシュは、何年もまえにセシウムに被曝することになった事件の報告書に直接関係のないものも入れて嵩《かさ》まししていた。マンリーはファイルをパラパラとめくり、関心を捉える書類がランダムに出てくると、手を止めて目を通した。

「これはすばらしい資料です」やがてマンリーは言った。「とても役に立つでしょう。コミッション料金でわたしがあなたの代理人になり、ここからわたしが引き受けるという合意を正式文書にする必要があります。この事務所全部の力と権能があなたのうしろにつくのです。卑劣漢どもを訴えてやりましょう」

マンリーは最後の決まり文句に笑みを浮かべた。

「あー、それはすごい」ボッシュは言った。「ですが……自分が偏執的なんでしょうけど、そのファイルをここに置いていきたくないんです。わが身に起こったことを証明する唯一の証拠なんです。コピーを取っていただき、わたしが原本を持っておくことはできないでしょうか？」

「問題ありません」マンリーは躊躇《ちゅうちょ》なく答えた。「契約書をよくご覧になって、署名してください。そのあいだにこれをコピーしてきます」

「それはいいですね」

マンリーは机のうえを見まわして、薄いファイルを見つけた。それをひらくと、マイケルスン&ミッチェルのレターヘッドの下に記された三ページの契約書をボッシュに手渡した。それから机のペン立てからペンを抜くと、ボッシュのまえに置いた。

「すぐに戻ってきます」マンリーは言った。

「わたしはここにいます」ボッシュは言った。

「なにか持ってきましょうか？　水？　ソーダ？　コーヒー？」

「いえ、けっこうです、いりません」

マンリーは机から立ち上がるとボッシュのファイルを持って、オフィスを出ていった。彼は部屋のドアを三十センチほどあけたままにした。ボッシュはすばやく腰を上げると、ドアのところにいき、マンリーがコピールームに向かって廊下を進むのを見た。耳を澄ましていると、マンリーが書類の束をセットし、それから複写機が死んでいるのを悟って、毒づくのが聞こえた。

さて、判断を要するときだった。ボッシュはマンリーがオフィスに引き返してきて、ボッシュにコピー・トラブルが発生したと告げ、コピー作業をやらせるための事務員を呼びだすか、あるいはほかの複写機を探して、オフィスビルの奥にさらに進んでいくかのどちらかだろうとわかっていた。

ボッシュはマンリーがコピールームから出てくるのを見た。うつむき、手にしている書類に集中していた。ボッシュは急いで机のまえの自分の席に戻った。契約書を手にして、読んでいると、マンリーが部屋に首を突っこんできた。

「こちら側の複写機が故障していました」マンリーは言った。「これを片づけるのにもう何分かかかりそうです。よろしいですか？」

「いいですよ」ボッシュは言った。「大丈夫です」

「なにも飲むものがないですが？」

「なしでいいです、ありがとう」

ボッシュは読むのに集中していると言うかのように契約書を掲げた。

「すぐ戻ってきます」マンリーは言った。

マンリーはその場を離れ、ボッシュは彼の足音が廊下を進んでいくのを聞いた。ボッシュはすばやく立ち上がると、オフィスのドアをそっと閉め、机に戻った。今回は、マンリーの座席側にまわりこんだ。まず腕時計でマンリーの不在時間のはじまりを確認し、机のうえをすばやく調べた。なにも目を引くものはなかったが、コンピュータの画面はまだアクティブなままだった。

画面上のデスクトップを見て、さまざまなファイルやドキュメントが目に入った。なかには、「ボッシュ案件」と記されたものもあった。それをひらいてみると、マンリーとの最初の打合せのメモが入っていた。すばやく目を通して、自分たちの会話を正確に書き起こしていると判断する。ボッシュはそのファイルを閉じ、デスクトップ上のほかのラベルを見た。関心を惹くようなものはなにも見当たらなかった。

腕時計を確認してから、足下の空間の両側に置かれた鍵つきファイル引き出しにもっとすばやくアクセスできるよう、椅子をうしろに引いて、机から遠ざけた。引き出しの一本には錠にキーが刺さっていた。ボッシュはキーをまわし、引き出しをあけた。さまざまな色のファイルフォルダーが入っていた。どうやら色によってなんらかの方法で分類されているようだ。ボッシュは指でフォルダーを追っていき、Mではじまる名前のラベルが付いているファイルにたどり着いたが、モンゴメリーのファイルはなかった。

腕時計を確認する。すでにマンリーがいなくなって二分経っていた。引き出しからキーを抜き、それを使ってほかの引き出しをあけた。おなじ手続きをしたところ、今度はモンゴメリーと記されたファイルが見つかった。それを急いで抜き取り、ぱらぱらとめくった。それはマンリーにコピーさせるために渡したファイルとおなじくらいの厚さがあった。判事に対する失敗に終わった名誉毀損訴訟関係の書類のようだった——最初から失敗する運命にあった面目を保つための方法だ。

ファイルの内側のフラップにいくつかの手書きの名前や番号や電子メールアドレスが記されていることにボッシュは気づいた。それがなにを意味するのか考える暇がなかったので、ボッシュは携帯電話を取りだし、内側のフラップと、反対側の目次ページの写真を撮影した。それからそのファイルを閉じ、引き出しのなかに戻した。ボッシュは引き出しを閉め、施錠すると、キーを元の位置に戻した。

腕時計を確認する。三分三十秒が経過していた。ボッシュはマンリーに百ページ以上あるファイルを渡しており、ファイルのまんなかに二ページをステープルで留めているものをはさんでいて、複写機に詰まればさらに遅延するようにしていた。だが、それに頼ることはできなかった。せいぜいあと二分しか時間はない、とボッシュは思った。

コンピュータに戻り、マンリーの電子メールアカウントを呼びだした。送信者のリストと、ついでメールボックスの文字に目を走らせた。なにも興味を惹くものはなかった。メールボックス検索で「モンゴメリー」の名前を調べたが、その名前を含むメッセージは現れなかった。

それから電子メールページを閉じ、ホーム画面に戻った。ファインダー・アプリで、ふたたびモンゴメリーの名前を検索したところ、今度は、あるフォルダーが見つかった。すばやくそのフォルダーをあけると、九つのファイルが入っていた。腕時計を確認する。それらのファイルに目を通すリスクは冒せなかった。大半のフォルダーには、たんにモンゴメリーの名前と日付が記されていた。すべてが名誉毀損訴訟の日付のまえであり、ボッシュは準備書類のファイルだと判断した。だが、ひとつのファイルだけタイトルの付け方が異なっていた——たんに**送金**と記されていた。

ボッシュは**送金**ファイルをひらいた。なかには、十三桁の数字とそれにつづく「G・C」のイニシャルだけしかなく、ほかにはなにもなかった。その謎にボッシュは興味をそそられた。ボッシュはそのファイルの写真も撮影した。

ボッシュがフォルダーをとじていると、新しいメールが届いた軽やかな音がコンピユータから聞こえた。ボッシュがマンリーの電子メールアカウントをひらくと、新しいメッセージには、マイケルスンという名前がアドレスに含まれており、件名が「**おまえの新しい〝依頼人〟**」となっていた。

時間切れだとわかっていたし、もしこの電子メールをひらいたら、既読と記されるだろうこともわかっていた。そうなれば、ボッシュがここでやっていたことがマンリーにばれかねなかった。だが、依頼人の文字に引用符が付いていることが躊躇する気持ちを上回った。ボッシュはその電子メールをひらいた。それはマンリーの上司、ウィリアム・マイケルスンからのメールだった。

愚か者め。おまえの依頼人はモンゴメリー事件を調べている。そいつとの活動をすべて停止しろ。いますぐに。

ボッシュは衝撃を受けた。それについて一秒以上考えることなく、ボッシュはそのメッセージを削除した。それからゴミ箱フォルダーにいき、そこからも削除した。ボッシュは電子メールアカウントを閉じ、椅子を元に戻し、部屋を横切ってドアをふたたびひらこうとした。ドアを三十センチだけひらいたのと同時にマンリーがファイルとそのコピーを持って、到着した。

「どこかへいかれるんですか？」マンリーは訊いた。

「ええ、あなたを探しに」ボッシュは言った。

「すみません、機械が詰まっていて。思っていたより長くかかってしまいました。こちらが原本です」

マンリーはボッシュに書類の束を手渡した。反対の手にコピーしたものを持ち、マンリーは机に向かった。

「契約書に署名していただけましたか？」

「署名しようとしていたところです」

「万事問題ないですか？」

「そう思います」

ボッシュは机に戻ったが、座らなかった。彼はテーブルからペンを手に取ると、契約書にサインを書き殴った。ボッシュの名前ではなかったが、なんの名前なのか判読するのは難しいものだった。

マンリーは自分の机にまわりこみ、腰を下ろそうとした。

「座ってください」マンリーは言った。

「実を言いますと、別の約束があり、もういかないとだめなんです」ボッシュは言った。「あなたがその資料すべてに目を通したあとで、ご一報いただき、次のステップを話し合うというのではいかがでしょう？」

「ああ、もっと時間があると思っていました。ビデオ班を連れてきて、あなたになにからなにまでお話ししてもらう件について打合せしたかったんです」

「つまり、法廷にたどり着くまえにわたしが死んだ場合に備えてという意味ですか？」

「いやいや、たんに交渉における最新の流行《はや》りなんです――弁護士ではなく、被害者自身に自分の話をしてもらうのが。あなたがいい語り手であれば――あなたがそうであるように――法廷でなにが待ち受けているかについて、実感してもらえます。ですが、それは次の機会に設定するとしましょう。外までごいっしょしましょう」

「それにはおよびません」ボッシュは言った。「帰り道はわかっています」

それから少しして、ボッシュは廊下を戻っていった。すりガラスに**ウイリアム・マイケルスン**と記されているドアのまえを通ったとき、そのドアがあき、ひとりの男がその場に立っていた。男は六十歳ほどで、髪が部分的に白くなりかけており、成功し、余裕のあるビジネスマン特有のぽってりした腹をしていた。男はまえを通り過ぎるボッシュをじっとにらんだ。そしてボッシュも相手をにらみ返した。

45

〈ムッソ&フランク・グリル〉は、ハリウッドでだれよりも長生きをつづけており、いまも毎日天井の高い二部屋をランチとディナーの客で満杯にしていた。けっして変わらぬ旧世界のエレガンスと魅力を保ち、メニューも当時の意気込みを保っていた。ウエイターの大半は古色蒼然《こしょくそうぜん》とし、マティーニはキリキリに冷えて、氷のなかに入れたカラフェに注ぎ足し用を添えて供され、サワードーブレッドはサンフランシスコの南にあるなかで最高のものだった。

バラードは〝新室〟の半円形ブースにすでに座っていた。その部屋は、よわい百歳の〝旧室〟に比べるとわずか七十四歳だった。バラードはファイルに入っていた書類を目のまえに広げており、ボッシュは自分がモンゴメリー事件のファイルを見ていたときの様子を思いだした。ボッシュはバラードの左側からブースに滑りこんだ。

「ヘイ」

「ああ、ヘイ。邪魔になるので、これを片づけさせて」

「かまわない。事件を広げて、なにを摑《つか》んでいるのか見ているのはいいことだ」

「わかってる。こうするのが好き。だけど、食べにここに来たんだから」

バラードは報告書を角度をずらして積み重ねた。選《よ》り分《わ》けていた束が混じりあわないように。それらを全部、長椅子の自分の隣に置いた。

「きみが担当している事件について話をしたいのかと思った」ボッシュは言った。

「そのつもり」バラードは言った。「だけど、まず、食べましょう。それに、あなたがとても忙しくしていたことについても聞きたい」

「たぶんもう忙しくなくなるだろう。どうやら、さっき台無しにしてしまったようだ」

「なに？　どういう意味？」

「ある男がいる――バンカー・ヒルの弁護士だ。そいつがモンゴメリー暗殺に関わっている可能性があると思っている。そいつのアリバイがあまりに完璧で、ほかにいくつか、納得がいかない点がある。それで依頼人を装って、会いにいったんだ。先方はどういうわけか、けさ、それを見破った。そいつの上司が見破ったんだ。それで、そっちの角度からの捜査はおしまいだ」

「これからどうするつもり？」

「まだわからん。だが、やつらがおれに気づいたという事実は、正しい線路に乗っているとおれに思わせる。なにか別の手を考えださなきゃだめだな」

赤いハーフジャケットのお仕着せを着たウエイターがやってきた。パンとバターの載ったプレートを置き、ご注文の用意はできたでしょうか、と訊いた。ボッシュはメニューを必要としておらず、バラードの目のまえにはメニューがあった。

「あしただったらよかったのにな」ボッシュは言った。

「どうして？」バラードが訊ねる。

「木曜日はチキンポットパイの日なんだ」

「あー」

「サンドダブとアイスティーをもらおう」

ウエイターはそれを書き留め、バラードを見た。

「それは美味しいの、サンドダブ？」バラードはボッシュに訊いた。

「そうでもない」ボッシュは言った。「だから注文したんだ」

バラードは笑い声を上げ、サンドダブを注文し、ウエイターは立ち去った。

「サンドダブってなに？」バラードは訊いた。

「本気か？」ボッシュは言った。「魚だよ。粉を振って揚げるんだ。その上にレモンを搾る。気に入るよ」（サンドダブは、北米のカレイの総称）

「その弁護士の動機ってなに？――あなたが調べている事件の」

「自尊心だな。モンゴメリーは公開法廷でそいつを辱めたんだ。その無能さゆえに自分の法廷に出禁にした。ロサンジェルス・タイムズがそれを記事にして、そこから広まった。そいつは判事をいいかげんな名誉毀損で訴え、棄却され、またニュースになり、評判がさらにトイレに流されていった。そいつの名前はマンリーだ。人はそいつを男らしくない《アンマンリー》やつと呼びはじめた」

「で、その男はバンカー・ヒルの法律事務所にまだいるの？」

「ああ、事務所はマンリーを手放さない。マンリーはだれかと関係があるんだと思う。たぶんマイケルスンの義理の息子かなんかだろう。大物幹部たちが見張っていられるよう、廊下の突き当たりの狭いオフィスにマンリーを押しこめている」

「ちょっと待って、マイケルスン？　それってだれ？」

「おれがモンゴメリー事件を調べていることを突き止めたのがそいつだ。マイケルスン&ミッチェル事務所の共同設立者」

「なんてこと！」

「ああ、そいつが容疑者におれがなにをしているのか伝える電子メールをたまたま見たんだ」

「そういうことじゃない。こういうことなの」

バラードは先ほどまで取り組んでいた書類をテーブルに戻し、個々の束をわけはじめた。探しているものを束のなかで見つけると、それをボッシュに手渡した。法廷の日付がスタンプ押しされている申立書だった。ボッシュは自分がなにを見ているのかわからないでいたが、バラードが書類のページの上の部分をトントンと叩き、ボッシュは法律事務所のレターヘッドを見た――**マイケルスン&ミッチェル**。

「これはなんだ？」ボッシュは訊いた。

「わたしの事件」バラードは言った。「このまえの夜のこんがり焼けた死体の事件。検屍局の調べで、身元がわかり、少なからぬ財産の持ち主であることが判明したの。だけど、本人はホームレスの酔っ払いで、たぶんそのことを知らなかったんでしょう。これは去年マイケルスン&ミッチェルが提出した申立書で、被害者を家族の信託財産から追いだそうとするためのもの。本人がおよそ五年間行方不明であるという理由で。被害者の弟は兄に金を渡したくなかったので、それを成し遂げるためにマイケルスン&ミッチェルを雇ったの」

ボッシュはステープル留めされた書類の最初のページを読んだ。

「これはサンディエゴで申し立てられている」ボッシュは言った。「なぜその弟はLAの法律事務所を雇うんだろう？」

「わからない」バラードは言った。「ひょっとしたらその事務所の支部がそこにあるのかもしれない。だけど、この訴答書面に名前があるのはマイケルスンだわ。オリバスから手に入れた事件ファイルのいたるところにこの名前がある」

「弟は望んでいるものを手に入れたんだろうか？」

「いいえ、そこがポイントなの――彼は勝てなかった。そして一年後、彼の兄は、人為的に仕掛けられた灯油ヒーターでテントのなかで焼かれた」

バラードはそのあと十分間を費やして、ボッシュにエディスン・バンクス・ジュニアの殺害について詳しく説明した。その間ずっと、ボッシュはマイケルスン＆ミッチエル法律事務所がふたりの事件の両方に関わっているという事実を理解しようと努めた。ボッシュは偶然を信じていなかったが、その偶然が起こったと知った。そして異なる事件を調べているふたりの刑事は、両方の事件につながりを見つけた。もしそれが偶然でないとしたら、いったい偶然とはなんなのかボッシュにはわからなかった。

バラードが要約を終えると、ボッシュはバラードがいま述べた事件のある一面に着目した。

「ウォツカの壜を持ってきたその女性だが」ボッシュは言った。「彼女の身元や車の出所はわかったのか？」

「いまのところはまだ。車のナンバープレートは盗まれたものだし、彼女が使ったATMカードは偽造品だった——ベガスで盗まれたもの」

「そして写真もない」

「明瞭なものは一枚も。もし見たいなら、ノートパソコンに酒屋のビデオが入っているけど」

「見たい」

バラードはバックパックからノートパソコンを取りだし、テーブルの上でひらいた。ビデオを呼びだし、再生をはじめ、ボッシュに見えるように画面をまわした。ボッシュは女性が車を停め、酒屋に入り、ATMを利用し、壜入りウォツカを買って出ていくのを見た。店のドアに身長を示す目盛がついているのに気づいた。スティレットヒールを履いていたその女性は、目盛によれば、百八十センチ弱だった。

背の高さは目立つ特徴かもしれないが、女性の顔はビデオ上で明瞭になることは一度もなかった。だが、ボッシュは女性がメルセデスに戻っていくときの動きの癖や歩き方に注目した。彼女はカツラから臀部《でんぶ》の詰め物にいたるまで、あらゆる形の変装を施しているだろうが、歩き方は通常、ふだんと変わらないものになるだろう、とボッシュは知っていた。スティレットヒールとピッチリしたレザーパンツのせいかもしれない短い歩幅で歩いていたが、それ以外にも特徴があった。

　ボッシュは画面上のカーソルを巻き戻しの矢印に持っていき、ビデオを女性がメルセデスを降りて、店に入るまでを見られるところまで戻した。カメラに向かってくる彼女の動きは、足取りを別の角度から撮影したものになっていた。

「少し足指内反だな」ボッシュは言った。「左足が」

「なに？」バラードが訊いた。

　ボッシュはふたたびビデオを巻き戻し、再生ボタンを押すまえに画面の向きをバラードに戻した。

「彼女の歩き方を見てくれ」ボッシュは画面が見えるよう身を乗りだし、ナレーションを入れた。「左脚がわずかに内側に曲がっている。靴の先端を見ればわかる。内向きになっている」

「内またみたいに」バラードは言った。

「医者は足指内反と呼んでいるんだ。娘がそれだったんだが、成長の過程で直った。だが、全員が直るわけじゃない。この女性は——左側だけ残ったんだな。わかるかい？」

「ええ、かろうじて。で、それがわたしたちになにをもたらすの？　ひょっとしたらあなたみたいな観察眼の鋭い捜査員を欺《だま》すために意図してそうしているのかもしれない」

「そうは思わないな」

今度はボッシュが自分のブリーフケースに手を伸ばして、ノートパソコンを引っ張り上げた。それが起動しているあいだにウエイターがアイスティーを運んできた。バラードはただの水しか頼んでいなかった。

「オーケイ、これを見てくれ」ボッシュは言った。

ボッシュはグランドパークの監視カメラ映像を呼びだし、再生をはじめた。画面をバラードのほうに向けた。

「これはモンゴメリー判事が殺された朝の映像だ」ボッシュは言った。「彼が裁判所に向かう途中の階段を降りているところだ。彼の前方を歩いている女性に注目してくれ。彼女はローリー・リー・ウェルズだ」

ふたりはしばらく黙って映像を見た。女性は白いブラウスとタン色のスラックスを身につけていた。ブロンドの髪の毛、ほっそりした体つきで、フラットシューズあるいはサンダルのようなものを履いていた。

ボッシュはナレーションをつづけた。

「ふたりはいっしょにエレベーター乗り場の建物の裏に向かった」ボッシュは言った。「女性が先に、ついでモンゴメリーが。女性は建物の陰から出てきたが、モンゴメリーは出てこなかった。彼は三度刺されたんだ。女性は裁判所まで歩きつづけた」

「彼女は足指内反だわ」バラードは言った。「わかった。左側が」

その状態は、女性が向きを変え、裁判所とカメラにまっすぐ歩きだすとさらに明瞭に見えた。

「ひとりはブロンドで、ひとりは黒髪」バラードは言った。「おなじ女性だと考えている？」

「両方のビデオでおなじ歩き方をしている」ボッシュは言った。「ああ、そう思う」

「わたしたちはここにいったいなにを持っているの？」

「そうだな、おなじ法律事務所が関わっているふたつの異なる事件をおれたちは持っている。モンゴメリー判事に怨恨を抱いている弁護士が所属している法律事務所だ。その法律事務所は、少なくとも法的な怨恨をエディスン・バンクスに抱いていた弟の代理人を務めている。それに加えて、その事務所は、ラスベガスから来た有名な犯罪組織の関係者の代理人を務めてもいる――ちなみに、ベガスは、黒髪のＡＴＭの女性が使っていたカードの番号が盗まれた場所だ」

「犯罪組織の関係者ってだれ？」

「ドミニク・ブティーノという名の男で、〝バットマン〟の異名を持つ荒事担当《エンフォーサー》だ。コミック・ブックやスーパーヒーローが好きでそんな異名がついたわけじゃない。それから、クレイトン・マンリー――モンゴメリーが法廷から放りだした弁護士――が、まだその法律事務所に在籍している点も考えてくれ。その事務所は、マンリーを匿《かくま》ってきた。設立パートナーたちの油断のない監視のもとで。だが、自分のところの弁護士がそんなふうにドジを踏み、事務所に恥をかかせたなら、普通はどうする？」

「首を切る」

「そのとおり。排除する。だが、彼らはそれをしていない」

「どうして？」

「なぜなら、彼はなにかを知っているからだ。家を傾かせかねないなにかを知っているんだ」

「では、わたしたちがいまここでたどり着こうとしているのは、その法律事務所が、こうした暗殺を仕掛けたということね。マンリーはその一部の役目を果たしていて、事務所では彼にリードをつけない状態で走り回らせたくない」バラードは言った。

「その証拠はなにもないが、ああ、それがまさにおれの考えていることだ」

「女性の殺し屋《ヒットマン》は、たぶんその犯罪組織の得意先を通して調達したものでしょうね」

「ウーマンだ」

「なに？」

「ヒットウーマンだ」

ウエイターがサンドダブを運んできて、ボッシュとバラードは彼が立ち去るまで話をしなかった。

「モンゴメリー事件のもともとの刑事たちは、その女性を追ってはいなかったの？」バラードが訊いた。「陪審員のバッジを身につけていたようだけど」

「彼らは陪審員候補者控え室にいき、彼女に話を聞いた」ボッシュは言った。「彼女はなにも見なかったと言った」

「それで彼らは彼女の話を単純に信用したの？」

「自分はイヤフォンを挿していて、音楽を聴いていたんだ、と彼女は言った。判事が背後で襲われる音は聞いていないんだという。彼らはその話を真に受け、そこで彼女を捜査対象から外した」

「でも、彼女は血を浴びていなかったの？　判事は三度刺されており、その女性は白いブラウスを着ていたとあなたはいま言ったでしょ？」

「そう思うだろうな。だが、これはプロの仕業なんだ。モンゴメリーは右腕の下を三度刺されていた。まとまって傷が付いていた面積は、五十セント硬貨大だった。刃は腋窩《えきか》動脈を切断した——三本の主要動脈の一本。完璧な箇所だった。なぜなら、動脈の噴きだしは、腕で押さえられていたからだ。殺し屋は綺麗なまま立ち去った。被害者は失血死した」

「どうしてそこまで詳しく知ってるの？」

ボッシュは肩をすくめた。

「おれは軍にいたときトレーニングを受けたんだ」

「その理由をわたしは聞かないほうがいい？」

「ああ、聞かないほうがいい」

「じゃあ、そのヒットウーマンにわたしたちはどう手を打つ？」

「われわれは彼女を捜しに出かける」

46

ふたりがおこなった最初の動きは、ローリー・リー・ウェルズがローリー・リー・ウェルズかどうかを確認することだった。ボッシュは殺人事件調書からウェルズの証人報告書を引っ張りだし、バラードと共有した。その報告書はオーランド・レイエスが書いたもので、彼が聴取をおこなっていた。レイエスが規定に従ってウェルズの名前を全米犯歴照会システム《NICS》のデータベースで検索し、犯罪歴がないことを確認した、と記されていた。これは予想されたことだった——ロサンジェルス郡は、犯罪歴のある人間が陪審員を務めることを認めていなかった。報告書にはそれ以上のフォローアップは記載されていなかった。

バラードとボッシュは、サンドダブを平らげてから、報告書に記されたヴァレー地区の住所まで車で移動した。ボッシュが運転し、バラードはＩＭＤｂやその他のエンターテインメント用データベースでローリー・リー・ウェルズを検索し、その名前を持つ本物の女優がいるのが明らかになった。過去何年か、さまざまなTVドラマにゲスト出演しているという限定的な成功しか収めていなかった。

「HBOのTVドラマで、俳優になりたいヒットマンを扱ったものがあるって、知ってる?」バラードが訊いた。

「おれはHBOに入っていない」ボッシュが答える。

「祖母の家で見たの。とにかく、ローリー・リー・ウェルズはそれに出ていた」

「それで?」

「それで、不気味でしょ。そのTVドラマは、俳優になりたがっているヒットマンの話なの。ダーク・コメディ。そしてわたしたちはヒットウーマンかもしれない女性を相手にしている」

「これはダーク・コメディじゃない。それに女優のローリー・リー・ウェルズが、われわれの捜しているローリー・リー・ウェルズであるかは疑わしい。いったんそれを確認したら、どうやって、また、なぜ、彼女のアイデンティティが容疑者に盗まれ、利用されたのか、突き止めなければならない」

「了解」

女優のローリー・リー・ウェルズは、シャーマン・オークスのディッケンズ・ストリートにあるコンドミニアムに住んでいた。そこは防犯措置が講じられている建物で、ゲートのインターカムを通じて、最初のコンタクトをせざるをえなかった――コンタクト方法として、けっして最善の方法ではない。バラードはバッジを持っていたので、自分たちの紹介はバラードが担当した。ウェルズは自宅におり、ふたりの捜査員と会うことに同意した。だが、それからウェルズがブザーを押してゲートを解錠するのに三分ちかくかかり、ボッシュは彼女が片付けをしていたんだろうと推測した――違法な物質を隠すか、トイレで流していたのかもしれない。

ようやくゲートがブザー音とともに開き、ふたりはなかに入った。エレベーターで四階に上がると、あいたドアのそばにひとりの女性が立っていた。あらかじめ呼びだしていた運転免許証の写真に女性は似ていた。だが、ボッシュは、すぐにビデオで詳しく見た女性ではないのがわかった。あまりにも背が低かったのだ。この女性は、身長百五十センチほどだった。仮に高さ十センチのスティレットヒールを履いたとしても、〈メイコーズ〉のドアにある百八十センチの目盛には届かないだろう。

「ローリー？」バラードが訊いた。

バラードはこの聴取を友好的におこないたかった。敵対的にではなく。そのため、ファーストネームではじめるのは、抜けめのない作戦だった。

「わたしです」ウェルズは答えた。

「ハイ、わたしはレネイ。こちらはパートナーのハリー」バラードは言った。

ウェルズは笑みを浮かべたが、じっとボッシュのほうを見た。ボッシュの年齢と、彼が話をしていない事実に感じた驚きを隠せずにいた。

「なかに入ってください」ウェルズは言った。「実際にTVドラマでこういう役をやったことがあるので、言うのは嫌なんですが、『これはなんなんですか？』」

「まあ、ご協力いただけるものと期待しています」バラードは言った。「座ってもかまいませんか？」

「ええ、もちろん。勧めずにすみません」

ウェルズはリビングを指し示した。偽の薪がなかに入っている暖炉のまわりにカウチが一脚と二脚の椅子がバラバラに置かれていた。

「ありがとう」バラードは言った。「先にやるべきことを片づけていきましょう。あなたはローリー・リー・ウェルズ、生年月日一九八七年二月二十三日でまちがいありませんか？」

「それがわたしです」ウェルズは答えた。

「過去五年間のどこかで陪審の義務を果たしたことはありましたか？」

ウェルズは眉間に皺を寄せた。それは思いもよらぬ方向から飛んできた質問だった。

「わたしは陪審員になれません――だから果たしたことはないです」ウェルズは答えた。「前回はずいぶん昔のことでした」

「絶対に去年ではありませんね？」バラードは訊いた。

「ええ、絶対に。長いあいだ陪審になっていません、いったいなにが――」

「去年、あなたは殺人事件を捜査しているふたりのロス市警の刑事に聴取を受けましたか？」

「なに？　どういうことですか？　弁護士かなにかを呼んだほうがいいんですか？」

「弁護士は必要ありません。われわれの考えでは、何者かがあなたのふりをしていた模様です」

「ああ、そうか、ええ――もう二年近くになります」

バラードは口をつぐみ、ボッシュのほうに視線を投げた。いまや自分たちがカーブボールを投げられていた。

「それはどういう意味でしょう？」バラードがようやく訊ねた。

「だれかがわたしのIDを盗み、二年間、わたしのふりをしてきたんです」ウェルズは言った。「去年、わたしの代わりに確定申告をして、還付金さえ盗《と》っていったんです。それに対してだれもなにもできないみたいなんです。彼らは多額の借金をして、わたしは車を買うこともローンを組むこともできなくなりました。ここはわたしの持ち物なのでここに留まらないといけないんですが、いまわたしのクレジット状況はひどいもので、だれもカードを利用したのがわたしじゃないと信じてくれないんです。車を買おうとしたら、ダメだと言われるんですよ。クレジットカード会社からの請求書ばかり届いているというのに」

「それはひどいですね」バラードが言った。

「どうやってあなたのアイデンティティが盗まれたと思います？」ボッシュが訊いた。

「ベガスにいったときです」ウェルズは言った。「あるショーにいったときに財布を盗まれました。掏摸《すり》かなにかにあったみたいです」

「そこで起きたことだとどうしてわかるんでしょうか？」ボッシュは訊いた。

ウェルズの顔が恥ずかしさを覚えて赤くなった。

「なぜなら、それは男性がダンサーのショーだったからです」ウェルズは言った。

「なかに入るのにお金を払わなければなりませんでした——女性だけの独身最後のパ《バチェロレッテ》ーティーだったんです——そしてダンサーにチップをあげたくて財布を取りだそうと

したら、なくなっていました。そこで起こったんです」

「あなたはそれをラスベガス市警に届けましたか？」バラードが訊いた。

「届けましたが、なにも起こっていません」ウェルズは言った。「なにひとつ戻ってこないんです。するとだれかがわたしの名前でクレジットカードの申請をはじめ、わたしは残りの人生をクソだいなしにされています。言葉遣いが悪くてすみません」

「被害届のコピーをお持ちですか？」バラードが訊いた。

「山ほどコピーを持っています。なぜなら、毎回、詐欺で盗まれるたびにいろいろ説明するため、それを送らなきゃならないからです」ウェルズは言った。「ちょっと待って」

ウェルズは立ち上がると、部屋から出ていった。バラードとボッシュは取り残されて、おたがいを見つめた。

「ベガス」バラードが言った。

ボッシュはうなずいた。

すぐにウェルズが戻ってきて、ラスベガスで提出した二ページの被害届のコピーをバラードに渡した。

「ありがとうございます」バラードは言った。「あなたの時間をあまり取るつもりはありませんがもうひとつ、このなりすまし詐欺でご自分の名前を使われたことに関して、あなたは定期的に報告書を受け取っていますか？」

「まったく一度もありません。ですが、刑事がときどき電話をかけてきて、どんな詐欺が出てきたのか、わたしに伝えてくれてます」ウェルズは言った。

「それはなんていう刑事でしょう？」バラードが訊いた。

「ベガス・メトロポリスのケンワース刑事です」ウェルズは言った。「わたしが相手にしたのはその人だけです」

「『ケン……ワース』」バラードは言った。「それは姓と名ですか、それとも姓？」

「姓です。ファーストネームがなんなのか覚えていません。報告書に記載されていると思います」

「で、その刑事はどんな捜査をしていると言いましたか？　地元での買い物だけですか？」

「いえ、なりすまし犯は動きまわっています。旅行先やホテルやレストランでわたしになりすまして支払っているんです。詐欺警告が出たらすぐにそのカードの使用を差し止めるので、犯人は新しいカードを申請しつづけていました。そして一ヵ月が経つと、あらたなカードがその相手のところに届くんです」

「なんてひどい話なんでしょう」バラードは言った。

「それもこれもみんなバチェロレッテ・パーティーにいったせいです」ウェルズは言った。

「それが起こった場所の名前を覚えていますか？」ボッシュは訊いた。「カジノでしたか？」

「いいえ、カジノではありません」ウェルズは答えた。「〈悪魔のねぐら〉と呼ばれていました。通常は男性向けのストリップ・バーなんです。つまり、ダンサーは女性です――ですが、日曜の夜は、女性向けのバーになるんです」

「なるほど」バラードは言った。

「あなたは投票しますか？」ボッシュが訊いた。

それもあさっての方向から飛んできた質問だったが、ウェルズは答えた。

「投票すべきだとはわかっています」ウェルズは答えた。「ですが、カリフォルニアでは大切なことに思えなくて」

「では、あなたは有権者登録をしていないんですね」ボッシュは言った。

「実はそうです」ウェルズが答えた。「でも、どうしてそんなことをお訊きになるんです？　それがなんの関係が――」

「あなたのIDを盗んだ人物は、陪審義務を果たす際にあなたになりすましたと考えています」ボッシュは言った。「陪審員候補に含まれるには有権者登録が必要です。なりすまし犯はあなたとして有権者登録をし、陪審義務を果たす候補に選ばれたのかもしれません」

「なんてこと、わたしを共和党支持者にしたのか、民主党支持者にしたのか、どっちなのかしら」

車に戻ると、次の動きをするまえにボッシュとバラードはいまの件を話し合った。

「彼女の有権者登録から住所を手に入れる必要がある」ボッシュは言った。「それで陪審員候補通達が届いた場所がわかる」

「わたしがそれを担当する」バラードは言った。「だけど、いったいどういうことなんだろう？　この仕掛け——この暗殺——は、殺人犯が陪審員候補の呼びだしを受けることに頼っている？　それってあまりにも……どうなんだろうな。いわば、当たる可能性の低いばくちみたい、とでも」

「ああ、だけど、きみが思うほど確率は低くないかもしれない。うちの娘は、有権者登録をしてから二ヵ月もしないうちに陪審員候補の呼びだしを受けた。ランダムな選定のはずだけどな。だが、あらたな陪審員候補を選ぶたびに、最近陪審義務を果たした人間や、過去に召集に応じなかった者や、なんらかの訴訟に関わっていると見なされた者を取り除いていく。そのため、新規に有権者登録した者は、ほかの者たちよりも召集を受ける可能性が高くなる」

バラードはうなずいたものの、あまり納得していないようだった。

「これがどれくらいまえから計画されていたのか、あるいはどのように計画されたのかも、われわれはわかっていない」ボッシュは言った。「ローリーはおとし財布を盗まれた。ひょっとしたら、それで完全な仕掛けが可能になったのかもしれない。有権者登録カードは、第二のＩＤとして詐欺に利用可能だ。盗んだ人間はこのアイデアを長いこと温めていた可能性があり、そこから事態が一気に動いた」

「〈悪魔のねぐら〉とバットマン・ブティーノに結びつきがあるかどうかも調べなきゃ」

「それからメトロ・ベガスの刑事とも話をする。どれくらいこの詐欺事件を追っているのか確かめる」

「ひょっとしたらにせのローリー・リー・ウェルズの写真かビデオがあるかもしれない」バラードは言った。「ほかになにか？」

「オーランド・レイエスと話をする必要がある」ボッシュは言った。「レイエスが彼女に聴取した」

「そこがわたしにはよくわからないところ。彼女は判事を殺し、そして何食わぬ顔で陪審義務に応えたわけ？　なぜ？　なぜその場から姿を消さなかったの？」

「仕事を完成させるためだ」

「どういう意味かしら？」

「見せかけを完全なものにするためだ。もし裁判所のドアを通って、反対側から出ていったのなら、だれもが犯人は彼女だとわかっただろう。彼女はなかに留まり、それでレイエスは彼女を見つけ、聴取をおこない、つぎの仕事に移った」

「ティトーズ・ウォツカを買うようなものね。彼女はどこでも買えたはずなのに、わざわざバンクスが殺された場所から三ブロックのところで買った――しかも、わたしたちが最終的にたどり着くであろうカメラがあるのがわかっている店で。わたしはオリバスとほかの刑事たちにこう言ったんだ。そこには心理の動きがある、と。彼女は目立ちたがり屋なんだ。丸見えの状態で隠れていて、ドキドキしながら昂奮していると思う。理由はわからないけど、そんな心理の動きがあると思う」

ボッシュはうなずいた。バラードの見立ては正しい、と思った。

「レイエスの彼女に対する見方を聞くのはおもしろいことになるだろう」ボッシュは言った。

「あの連中はあなたに話さないと思ってたんだけど」バラードは言った。「わたしがレイエスを担当すべきかも」

「いや。きみが訊けば、この事件は連中と強盗殺人課にがっちりつかまれてしまうだろう。おれにやらせてくれ。これがレイエスにとって非常に屈辱的な結果になりかねないと説明したら、あいつは職場の外で会い、話してくれる気がする」

「完璧。じゃあ、あなたがレイエスを担当し、わたしは別の件を調べてみる」

「それでいいか？」

「ええ、バッジがあれば、全部により早くアクセスできるでしょう。あなたはレイエスを担当し、わたしは残りを担当する」

ボッシュはハリウッドに置いてきたバラードの車に彼女を送り届けられるようにジープを発進させた。

「クレイトン・マンリーにアプローチする方法をひねりだす必要もある」縁石から車を離しながら、ボッシュは言った。

「マンリーはあなたに気づいたと言ってたんじゃなかったっけ」バラードは言った。

「依頼人のふりをしてあそこに戻るというのは考えていないよね？」

「ああ、その作戦は失敗だ。だけど、どこかでひとりきりでいるマンリーを捕まえることができれば、あの男の置かれている現在の状況をはっきり伝えて、彼のオプションがどんどん萎《しぼ》んでいることをわからせてやれるんだが」

「そのときはわたしもそばにいたいな」

「バッジと銃を見せびらかすため、きみにいてほしい。そうすれば、マンリーは自分のケツが宙に浮いているのがわかるだろう」

「あなたがマンリーのオフィスに彼といっしょにいたときのことだけど」

「うん？」

「わたしが知らなきゃならないことをなにもしなかったでしょうね？　この事件であとから反動がくるようなことはなにも？」

ボッシュはなにを彼女に言うべきか考えた。自分がしたことについて、したことを証明できるものについて。

「唯一おれがしたのは、画面に届いた電子メールを読んだことだけだ」ようやくボッシュは言った。「まえにその話をしただろ。それはコピーをしにマンリーが部屋を出ていたときのことだった。おれはチンという音を聞き、電子メールを見ると、マンリーのボス、マイケルスンからで、鶏小屋に狐《きつね》を入れた愚か者とマンリーをなじる内容だった。その手のたぐいの罵詈《ばり》讒謗《ざんぼう》だ」

「で、あなたが狐」

「おれが狐だ」

「そしてそれだけ？」

「うーん、そのあとおれはそのメールを削除した」

「そのメッセージを削除した？」

「ああ、おれがオフィスにいるあいだにマンリーにそのメールを読まれるリスクを冒したくなかったんだ。やつに気づかれるまえにそこを出る必要があった」

「オーケイ、あなたはこの話をわたしにけっしてしなかった、いい？」

「わかった」

「それで、ほんとに、あなたがしたのはそれだけなの？」

ボッシュはマンリーのオフィスで自分の携帯を使って撮影した写真のことを考えた。それらについては自分の胸のうちに留めておくことにした。いまのところは。

「それだけだ」

「けっこう」

47

バラードを彼女の車のところで降ろすためハリウッドに戻る途中で、ボッシュは強盗殺人課のレイエスの直通番号に電話をかけ、スピーカーフォンにした。

「強盗殺人課、レイエスです」

「レイエス、これはおまえが受け取ったなかで最高に幸運な電話だ」

「だれだ――ボッシュか？　ボッシュなのか？　切るぞ」

「切ればいい。そのことを新聞で読めるだろうから」

「今度はいったいなんの話だ？　おれはスピーカーで話しているのか？」

「運転中なんでスピーカーにしている。そしておれが話しているのは、モンゴメリー判事の真犯人のことだ。もうすぐそれが明らかになるだろうが、きみがその捜査に加わっていたように見せることもできるし、きみときみのパートナーがまったく間違った捜査をしていたと見せることもできる――実際に真実からはほど遠かったんだがな、レイエス」

「ボッシュ、おれはあんたとゲームをする気はない。おれは――」

「これはゲームじゃないんだ、オーランド。これはヘマを修正するきみのチャンスの話なんだ。一時間後にグランドパークのエレベーターの近くにあるピンク色のベンチで会おう」

「いやだね。一時間経ったら、おれは自宅へ向かうんだ。ラッシュアワーに巻きこまれないように」

「じゃあ、取り返しのつかない事態になったとき、おれが救いの手を差しのべた人間だったことを思いだすんだな。一時間後だ。そこに来るか、ラッシュアワーを避けるかしろ。おれはどうでもいい。おれは元強盗殺人課の人間だ、レイエス、きみに礼を尽くしてあげたかったんだ。アディオス」

ボッシュは電話を切った。

「姿を現すと思う？」バラードは訊いた。

「ああ、姿を現すさ」ボッシュは言った。「前回レイエスと話したとき、これが逮捕によって解決ではないと感じたんだと思う。自分のパートナーにいじめられていたんだと思う。よくあることだ」

「知ってる」

ボッシュはバラードのほうを向いて、また道路に視線を戻した。

「おれのことを言ってるのか？」ボッシュは訊いた。

「いえ、もちろんちがうわ」バラードは言った。「それにわたしたちはパートナーじゃない。公式には」

「この事件を解決したら、表に出るかもしれない。おれたちがやってきたことが」

「どうかな。オリバスはわたしにバンクスの事件を寄越した。わたしがそれをあなたとこの事件に結びつけた。反動はないと思う。とりわけ、わたしがオリバスにリードをつけているいまは」

ボッシュは笑みを浮かべた。バラードからＣＩＶのなかでオリバスと交わした会話のことを聞いていた。バラードは自分がおこなった取り決めとまさかのときの保険に記録した録音によって、優位な立場に立っていると思っていた。

「きみは本気でそいつにリードをつけていると思っているのか？」

「あまりそうは思ってない。だけど、わたしが言おうとしていることはわかるでしよ。あの男はもう波風を立てたくないの。一年後にパドルを漕《こ》いで去っていける平らで穏やかな海面を欲している。わたしを辛い目に遭わせたら、わたしはあいつをおなじ目に遭わせてやる。あいつにはそれがわかっている」

「きみが支配権を握っている」

「いまのところは。だけど、何事も永遠につづくわけがない」

バラードは〈ムッソ〉に近い通りに刑事車両を停めており、ボッシュはそのうしろに車を停止させた。

「今度はなにをするつもりだ？」ボッシュは訊いた。

「分署にいき、点呼がはじまるまで、寝床部屋で数時間眠るわ」

「おれがハリウッド分署にいた当時、そこのことをハネムーン・スイートと呼んでいた」

「いまでも呼んでるよ――少なくとも、古参連中の一部は。市警のなかにはけっして変わらないものがある」

ボッシュはバラードが分署の仮眠室よりももっと深い意味があるもののことを言っているのだろうと思った。

「オーケイ、レイエスと会ったあとできみに連絡するのは控えておこう」ボッシュは言った。「起きたら連絡してくれ」

「そうする」バラードは言った。

バラードは車を降り、ボッシュは運転をつづけた。三十分後、グランドパークのエレベーター乗り場の建物に二番めに近いピンクのベンチにボッシュは座っていた。もっとも近いベンチは、浮浪者に占領されていた。彼は汚れたダッフルバッグを枕がわりに横になり、表紙の破れて取れたペーパーバックを読んでいた。レイエスに容姿を知られていないかもしれないが、あそこで本を読んでいる男と間違えることはないだろう、とボッシュは思った。

約束の時間から十分が過ぎ、ボッシュはレイエスのことを諦めかけた。ボッシュはだれであれ市警本部の方角から公園を横切って歩いてくる人間に気がつくよう、ひらけた視界を確保できる角度でベンチに座っていた。だが、だれもこちらへ近づいて来てはいなかった。ボッシュがまえに身をかがめ、膝にあまりストレスをかけないように立ち上がろうとしたとき、背後から名前を呼ばれるのが聞こえた。ボッシュは振り返らなかった。ボッシュが待っていると、スーツを着た男が背後からベンチにまわりこんできた。ボッシュはスーツの上着の裾が腰のところで不揃いになっているのを見て、男が銃を携行しているのを知った。男は三十代なかばで、頭頂がすっかり禿《は》げあがっており、頭の側面が修道士の髪型になっていた。

「レイエスか？」

「そのとおりだ」

男はベンチに腰を下ろした。

「あそこで本を読んでいる男のほうにいきそうになった」レイエスは言った。「だが、あんたのほうがあれよりは少しは威厳がありそうだと思った」

「そりゃおもしろいな、オーランド」ボッシュは言った。

「で、おれになんの用だ、ボッシュ？　おれはドゥアーテに帰らないといけないんだ。渋滞はマザーファッカーになるだろう」

ボッシュはエレベーター乗り場の建物を指さした。背後の裁判所のファサードに設置されている防犯カメラから見るのとおなじ角度にふたりはいた。モンゴメリー判事が致命的な刺し傷を負った場所はふたりから見えなかった。

「陪審員のことを話してくれ」ボッシュは言った。

「だれだって？」レイエスは言った。「どの陪審員だ？」

「証人だ。ローリー・リー・ウェルズ。きみの名前が報告書に載っていた。きみが彼女を聴取した」

「これってその件のことなのか？　忘れろ、捜査でおこなったすべてのステップをたどり直すつもりはない。彼女は時間の無駄であり、いまはあんたがおれの時間を無駄にしている。おれは家に帰る」

レイエスは立ち去ろうと立ち上がった。

「座れ、オーランド」ボッシュは言った。「彼女が殺人犯であり、きみたちはそれを見過ごしたんだ。座って、おれの説明を聞け」

レイエスは立ったままだった。ボッシュを上から指さす。

「戯言だ」レイエスは言った。「あんたはたんに罪の赦《ゆる》しを求めているだけだ。あんたは真犯人を釈放させてしまい、いまは藁《わら》にもすがろうとしている。あの女性はなにも見ていなかった、なにも聞いていなかった。ガンズ・アンド・ローゼスを聴いていたんだ、ボッシュ。音量をでっかくしてな」

「そこはすてきな細部だぞ」ボッシュは言った。「それはきみの報告書に書かれていなかった。彼女を外した理由についてもなにも記されていない」

「おれが調べて外した。彼女はシロだ」

「彼女の名前を検索してみたという意味だろ。だが、もし彼女のアパートに出かけ、ドアをノックしたら、シャーマン・オークスのディッケンズ・ストリートに住む本物のローリー・リー・ウェルズに会ったはずだ。きみが聴取したローリー・リー・ウェルズではなく。きみは欺されたんだ、オーランド。座って情報を交換しよう。その件をおれが説明する」

レイエスはためらい、そわそわと落ち着かない様子ですらあった。片方の足はドゥアーテに向きたがっており、反対の足はベンチに戻りたがっているかのようだった。ボッシュは最後の主張をぶつけた。

「きみが話をした陪審員と思われる人物は、ある別件の強盗殺人課の事件で最有力容疑者であることを知っているか？　こないだの夜、強盗殺人課が引き受けたこんがり焼けた放火殺人事件で。あれは別のなにかのように偽装された暗殺だった。モンゴメリー事件とおなじように」

レイエスはようやく腰を下ろした。

「オーケイ、ボッシュ、聞かせてみろ。くだらない話なら承知しないぞ」

「いや、そういうふうにはいかないんだ。まず、きみから話せ。おれはその聴取について知りたいんだ。どうやって彼女を見つけ、どこで彼女と話をしたのか。きみが話せば、そのあとでおれが話す」

レイエスは首を横に振り、自分が口火を切らねばならないことにいらだっていた。だが、やがて話をはじめた。

「単純だ。ビデオを集め、ビデオを見た。あの女性を見て、陪審員のタグを確認した。グッシーがなにをしていたか忘れたが、おれはひとりで調べた。明らかに名前はわかっていなかったので、陪審員集会室を覗いてみたいと頼んだ。だれも彼女と一致しなかった。陪審員担当の廷吏があの日、陪審員選定のため、法廷に三つのグループの候補たちを送りこんだと言った。おれは彼らも調べたが、まだ彼女は見当たらなかった。審理に参加しているはずがないとわかっていた。彼女は審理に出るには早く来すぎていたからだ。テープに映っていた彼女は、という意味だ。裁判は毎日十時まではじまらない。彼女がビデオテープに映っていたのは午前八時まえだった」

「それで、どうやって彼女を見つけたんだ?」

「陪審員担当の廷吏が、陪審員集会室の隣にあるカフェテリアを調べてみてはどうか、と言ったんだ。おれがいくと、そこに彼女がいた。コーヒーを飲んで、本を読んでいた。ブロンドの髪が目立っていたんだ。彼女だとわかった」

「で、きみは近づいた?」

「ああ、バッジを見せ、殺人事件の話をし、彼女がビデオに映っていたと伝えた。おれは彼女に市警本部まで来てもらって、そこで聴取をしたかったんだが、自分は陪審員候補者名簿に載っているので、カフェテリアで待機したいと言われ、おれはそこで彼女と話をした」

「録音はしなかったんだな？」

「していない。もし彼女が価値のある証人だと判明すれば、目一杯やっただろう。だが、彼女はそうではなかった。彼女が自分の六メートルうしろで起こったことをなにも知らないのが明らかになって、すぐにわかった。イヤフォンをしていたんだ、覚えているだろ？」

「ああ、ガンズ・アンド・ローゼズだろ。彼女のIDを確認したのか？」

「運転免許証は見なかった。それがあんたの言っている意味なら。だが、必要ならそういうのは全部陪審員担当廷吏が持っているのをわかっていたんだ。さあ、ボッシュ、今度はそっちの番だ。いま持っていると思っているものと、知っていると思っているものを話せ」

「もうひとつだけ質問がある。きみは彼女と話し、名前を聞くとすぐ、廷吏のところにいって、彼女が本物の陪審員であることを確認したか？」

「なぜおれがそんなことをするんだ、ボッシュ？」

「では、答えはノーだな。きみはカフェテリアに彼女が座っているのを発見したが、彼女が陪審員として正式にそこにいるのを確認しなかった」

「その必要はなかった。彼女はなにも見ていなかった、なにも聞いていなかった、彼女は証人としておれにはなんの価値もなかったんだ。さあ、彼女について知っていると思っていることをおれに話す気があるのか、ないのか？」

「きみが報告書に記した住所に住んでいる本物のローリー・リー・ウェルズは、殺人が起こった時間に陪審員義務を果たすため召集されておらず、ビデオに映っていた女性とも別人だとおれは知っている」

「冗談だろ。それであんたはビデオの女性とモンゴメリーと揉《も》めていたその弁護士を結びつけたのか？」

「いま、それに取り組んでいるところだ。その弁護士が所属する法律事務所は、放火殺人事件に関与している可能性のある関係者の代理人をしており、おなじ女性が放火殺人の近くでビデオに映っていた。その女は法律事務所が代理人を務めているだれかのために働いている殺し屋だと思う。さらにつながりがある——主としてラスベガスを通してだ——そしてそちらにもわれわれは取り組んでいるところだ」

「〝われわれ〟というのはだれだ、ボッシュ？　あの弁護士ハラーをこの件に引き入れたなんて言うなよな」

「いや、彼じゃない。だが、おれがだれといっしょに働いているかをきみが知る必要はない。きみはおれがこれを全部まとめて、きみに持っていくのをじっと待っていればいい。それでかまわないな、オーランド？」

「ボッシュ、あんたはそんなことを――」

　レイエスはポケットのなかからブンブンという音が聞こえて、途中で言葉を切った。携帯電話を取りだし、ショートメッセージを確認する。返事を入力しようとすると、電話がかかってきて、レイエスはそれに出た。片手を上げ、ボッシュに話をしないよう合図する。レイエスはかけてきた相手の話に耳を傾けてから、質問をひとつした――「いつだ？」さらに耳を傾けてから、言った。「オーケイ、いまからそちらに向かう。正面でおれを拾ってくれ」

　レイエスは電話を切り、立ち上がった。

「いかないと、ボッシュ」レイエスは言った。「それから、あんたは遅すぎたようだ」

「なんの話をしている？」ボッシュは訊いた。

「クレイトン・マンリーはバンカー・ヒルのオフィス・タワーからさきほど飛び降りた。カリフォルニア・プラザ一面に飛び散った」

　ボッシュは一瞬固まった。そののち、すぐにマンリーのオフィスの鏡面仕上げになっているガラスに衝突し、ビルの側面を落ちていった鳥のことを思い浮かべた。

「それがやつだとどうやってわかったんだ？」ボッシュは訊いた。

「なぜなら、事務所全体にアディオス電子メールを送っていたからだ」レイエスは言った。「それから上にのぼって、飛び降りた」

レイエスはパートナーに乗せてもらうため、市警本部に向かって戻っていった。

BALLARD

48

眠るかわりにバラードはローリー・リー・ウェルズが提供した被害届に載っていたラスベガス・メトロ警察の番号に電話をかけた。だが、応対に出た相手が「OCI」と言ったのに、バラードは驚いた。

すべての法執行機関では、それぞれの特殊班やオフィスや場所に関して独自の頭字語や省略形や、短くつづめた言い方を持っている。ハリー・ボッシュはかつて、ロス市警にはさまざまな部門の頭字を考えることに専念しているフルタイムの課がある、とジョークを飛ばしたことがあった。だが、一般的にOCは、組織犯罪《オーガナイズド・クライム》を意味すると、バラードは知っており、いったん言葉を止めたのは、ウェルズの届けは財布の窃盗を扱ったものだったからだ。

「こちらOCIです、ご用件は？」相手の声が繰り返した。

「ええ、はい、トム・ケンワース刑事を探しています」バラードは言った。

「お待ちください」

バラードは待った。

「ケンワースです」

「刑事、こちらはロサンジェルス市警ハリウッド分署のレネイ・バラード刑事です。わたしがいま捜査しているある殺人事件に関して、いくつかの情報提供のご協力をいただけないかと思い、お電話しています」

「LAの殺人事件？　このラスベガスからどうやって協力できるというのかな？」

「あなたはおととし、ローリー・リー・ウェルズという女性から被害届を受け取りました。その名前を覚えていますか？」

「ローリー・リー・ウェルズ。ローリー・リー・ウェルズ。あー、いや、あんまり覚えていない。彼女はそちらの事件の被害者かい？」

「いえ、彼女は元気です」

「容疑者か？」

「いえ、刑事。彼女の財布がラスベガスの〈悪魔のねぐら〉と呼ばれている場所で盗まれ、そのせいで彼女はアイデンティティを盗まれたんです。そう聞いてピンと来ませんか？」

長い間を置いて、ケンワースが答えた。

「もう一度きみの名前を言ってくれないか？」

「レネイ・バラードです」

「ハリウッドと言ったよな？」

「ええ、ハリウッド分署です」

「わかった、五分したらかけ直す、いいな？」

「ほんとに情報を必要としているんです。これは殺人事件なんです」

「わかってる。かけ直すから。五分だ」

「オーケイ、では、わたしの直通番号をお知らせします」

「要らない、きみの直通番号なんて要らない。きみが本物なら、きみを見つける。五分後に話そう」

バラードがほかになにか言うまえにケンワースは電話を切っていた。

バラードは電話を下ろし、待ちはじめた。ケンワースがしていることはわかっていた——本物の警官と本物の事件について話すことを確かめようとしているのだ。バラードはローリー・リー・ウェルズから渡されたメトロ警察の被害届を読み返した。一分もしないうちに、署のインターカムから自分の名前を呼ばれ、二番に電話だと言われた。ケンワースからだった。

「さっきはすまなかった」ケンワースは言った。「近ごろは注意しすぎてもしすぎることはないからな」

「あなたは組織犯罪担当だから、仕方ないでしょうね」バラードは言った。「それでだれがローリー・リー・ウェルズのアイデンティティを盗んだの？」

「まあ、ちょっと待ってくれ、バラード刑事。なにを調べているのか話してくれることからまずはじめないか？　だれが死に、そこにどうローリー・リー・ウェルズが関わってくるんだ？」

バラードはもし自分が先に話したなら、出ていくにせよ入ってくるにせよ情報の流れをケンワースがコントロールしてしまうだろうとわかった。だが、選択の余地はない気がした。折り返し電話をかけてきたのと、慎重な態度は、ケンワースが情報を手に入れるまで自分からは出すつもりがないことを告げていた。

「実は、ふたつの殺人事件を抱えています。ひとつは去年の事件で、もうひとつは先週の事件」バラードは言った。「去年の事件の被害者は、裁判所に向かって歩いているところを刺された上級裁判所の判事です。先週の被害者は、生きたまま焼かれました。いまのところ、ふたつの関連が捜査で浮かび上がっています――おなじ法律事務所が、この一見無関係に見える事件それぞれに関わっている可能性のある人物の代理人を務めています——それにある女性がいます」

「ある女性?」ケンワースが訊いた。

「それぞれの事件現場のすぐそばでおなじ女性がビデオに映っていました。彼女は異なるヘアウィッグと服装をしていましたが、同一人物です。最初の事件、判事の殺害では、彼女は証人の可能性がある人物として見つけられ、警察にローリー・リー・ウェルズであると名乗り、昨年ラスベガスで財布とアイデンティティを盗まれたローリー・リー・ウェルズの正しい住所を伝えました。問題は、われわれがその住所にいき、本物のローリー・リー・ウェルズと話したところ、彼女はビデオの女性ではなかったことです。彼女はベガスで起こったことをわたしたちに話し、その結果、あなたに電話をしている次第です」

ケンワースからは沈黙が返ってきた。

「聞いてます?」バラードはうながした。

「聞いてるよ」ケンワースが答える。「考えていたんだ。そのビデオだが、その女のはっきりした映像はつかんでいるのかい?」

「いえ、あまりはっきりしたものは。その点、彼女は賢いです。ですが、歩き方で同一人物だとわかりました」

「歩き方」

「彼女は足指内反なんです。両方のビデオでそれがわかります。そのことがあなたにとってなにか意味があるんでしょうか？」

「〝足指内反〟がかい？　いいや。どういう意味かすら、わからん」

「オーケイ、では、ローリー・リー・ウェルズの事件について、聞かせてください。彼女のアイデンティティを盗んだ女性の身元は突き止めましたか？　あなたは組織犯罪の担当ですよね。彼女の事件がなにか規模の大きなものに膨らんだのではと推測するんですが」

「まあ、大規模なアイデンティティ窃盗に携わっている犯罪組織があり、それに関する情報がうちのオフィスに入ってきている。だが、ウェルズの事件の場合は、うちでずっと監視しつづけている場所と関係があったからだ」

「〈悪魔のねぐら〉」

ケンワースは黙り、バラードの推察を意図的に確認しないようにした。

「なるほど、〈悪魔のねぐら〉について話をしたくないのであれば、バットマンについてお話ししましょう」バラードは言った。

「〝バットマン〟？」

「ねえ、ケンワース。ドミニク・ブティーノのことですよ」

「そっちがその男のことに触れたのは、いまがはじめてだぞ。この件にそいつがどう関わっているんだ？」

「今回の件すべてを結びつけている法律事務所は、ここでのある訴訟でブティーノの代理人を務めているんです。彼らはそれに勝ちました。ひとつ訊かせてください、刑事、あなたがＯＣＩに所属してから、女性の殺し屋の話を耳にしたことはありますか？　ひょっとしてブティーノのために働いているか、あるいはジ・アウトフィットのために働いているかしている」

それがルーティンになりかけているかのように、ケンワースはすぐには答えなかった。最終的にバラードに渡すすべての情報の重さを慎重に測らねばならないかのようだった。

「そんなに難しい質問じゃないでしょう」バラードはじれて言った。「情報を持っているか持っていないかのどちらかなんだから、答えを躊躇《ためら》ってことは、持っているということでしょ」

「まあ、そうだ」ケンワースは言った。「だが、噂にすぎない。あちこちで、ジ・アウトフィットのために殺しを請け負っている女性に関する情報を拾い集めている」

「どんな噂なんです？」

「ある男がいた――内通者だ――マイアミからこっちへ来た。その男はクレオパトラのスイートルームで死ぬ結果になった。カジノの監視カメラは男が女といっしょに上がっていくのを捉えていた。現場は自殺のようだった――銃弾を自分で吸いこんだんだ。だが、調べれば調べるほど、暗殺だとわれわれは思うようになった。だが、それは九ヵ月まえの事件であり、捜査はまったく進展していない。未解決事件になった」

「われわれのガールのようですね。そのビデオを見てみたいな」

ケンワースはいつもの沈黙で応じた。

「そちらのビデオを見せていただければ、こちらのビデオをお見せします」バラードは提案した。「この点で協力しあえます。もしおなじ女性であれば、とても大きなものをわれわれはつかみます。電子メールアドレスを教えてください。こちらが手に入れたものを送ります。あなたはそちらの持っているものを送ってください。これは協力関係にある警察がおこなうことです」

「それはかまわないんだが」ようやくケンワースは言った。「だが、こっちは彼女の顔をつかんでいない。カメラの街で、どこにどのカメラが設置されているのか、彼女はわかっているようなんだ」

「こっちもおなじです。あなたの電子メールアドレスは？　最初のビデオを送ります。かわりにそちらのビデオを送ってください。そうしたら二番目のビデオを送ります。それでオーケイですか？」

「オーケイだ」

電話を切ってから、バラードは容疑者がティトーズの酒場を買い、ATMを利用している〈メイコーズ〉のビデオをアップロードした。ケンワース宛ての電子メールで、件名は**黒衣の未亡人**にした。殺人容疑者の黒髪で黒っぽい服装をしたバージョンで思い浮かんだ名前がそれだったからだ。

ケンワースは電子メールのエチケットでも電話とおなじやり方を通してくれた――半時間が経過しても、バラードはラスベガスの刑事からなんの見返りも受け取っていなかった。だまし盗られた気がしはじめて、ケンワースに電話をかけようとしたそのとき、黒衣の未亡人の件名ラインに返信メールが送られてきた。それにはクレオ1とクレオ2とラベルが記されている二本のビデオが添付されていた。電子メールに書かれた唯一のメッセージは、『クレオ2の車は盗まれたもので、サマーランドで火をかけられた』だった。

バラードはダウンロードし、ビデオを見た。

一本めのビデオは、ジミー・バフェットのシャツを着た男が、クレオパトラの高額テーブルでブラックジャックをしているところをずっと映しているものだった。男がこれから被害者になる人間だろう、とバラードは推測した。男の隣に座っている女性は、まったくゲームに加わっていなかった。彼女の長いブロンドの髪は豊かで、ウィッグのようだった。その分厚い前髪がバイザーのような役目を果たし、うつむいた顔を覆って、カメラに捉えられるのを避けていた。

男がチップを現金化すると、カメラのアングルが変わり、男女のふたりづれはテーブルを離れ、タワーのスイートルーム宿泊者のみが使えるエレベーターに向かった。女はずっとうつむいており、カメラに映るのを避けていた。大きな白いオーバーナイト・バッグのようなものを肩からかけていて、黒いパラシュート・パンツを穿《は》き、ホールタートップを着ているようだった。最後にビデオに映ったのは、エレベーターのなかのカップルだった。ふたりが乗っていると、行き先表示パネルの42のボタンが光っていた。エレベーターの映像のタイムスタンプは、ふたりが四十二階で一時十二分五十四秒に降りたことを示していた。そこでビデオは終わっていた。

バラードはクレオ2に移った。このビデオはエレベーターのカメラからはじまっており、タイムスタンプは一時三十四分三十一秒で、ひとりの女性が四十二階でエレベーターに乗ろうとしているところを示していた。彼女はつば広の帽子を被り、完璧に顔が隠れていた。黒髪の先だけが、背中に垂れているのが見えた。彼女は黒いスラックスとブラウスとサンダル姿だった。肩からかけたオーバーナイト・バッグは黒かったが、クレオ1のビデオで見たのとおなじ寸法だった。

女性はカジノ階でエレベーターを降り、カメラは広いゲーム・スペースを通って、ドアを抜け、駐車場に向かう彼女を追った。女性は駐車場の歩道を通って進み、銀色のポルシェのSUVに乗ると、走り去った。

ケンワースのメッセージのおかげで、バラードはポルシェの運命を知っていた。バラードはビデオを巻き戻し、女性が駐車場へ向かって歩いていくところを見直した。足取りがわずかに足指内反していることを心に留めた。

「黒衣の未亡人」バラードは囁いた。

取引でいい成果を得られ、バラードはグランドパークのビデオをアップロードし、それをケンワースに送った。それにつけたメッセージは――

あなたのビデオに映っていたのはおなじ女性だった。これで三件の187。われわれは話をしなきゃ。

それを送ってから、187というのはネヴァダ州では、殺人を示す刑法典の条文番号ではないかもしれない、とバラードは気づいた。また、ベガス・メトロ警察とロス市警が話をする必要があるだけでなく、ロス市警が自分たちのなかで話をする必要がある、と気づいた。事件は、オリバスに最新の状況説明をおこない、オリバスの肩書きを利用して、ベガス警察との機関間協力を図らねばならない段階に達していた。

だが、そうするまえにバラードは自分のパートナーに話をしなければならなかった。

バラードはボッシュに電話をかけ、ボッシュはすぐに出た。だが、彼の声は車の走る背景の騒音と鳴り響くサイレンの音に溺れそうになっていた。ボッシュが「ちょっと待ってくれ」と怒鳴る声がかろうじて聞こえた。

バラードは待ち、どうやらボッシュは車の窓を閉め、イヤフォンを耳に挿したようだった。

「レネイ？」

「ハリー、どこにいるの？　なにが起こってるの？」

「救急車のうしろについてバンカー・ヒルに向かっている。クレイトン・マンリーがさっき三十二階からエレベーターに乗らずに降りたんだ」

「ああ、クソ。飛び降りたの？　だれにわかる？」

「そうだと言われている。だれにわかる？　強盗殺人課が担当する。ガスタフスンとレイエスが。おれは現場に向かっているところで、自分で見つけられるものを見るつもりだ」

「聞いて、ハリー、気をつけて。事態がまとまりはじめている。わたしはベガス・メトロの人間と話をしていたの。向こうでも事件が起こっている、殺人事件。彼らがビデオを送ってきて、映っていたのはわたしたちのガールだった。黒衣の未亡人」

「連中は彼女のことをそう呼んでるのか？」

「いえ、実際には、こちらのビデオを向こうに送ったときにわたしがそう名づけた」

「向こうでの事件はどんなやつだ？」

「マフィアがらみ。マイアミから来た犯罪組織の人間がクレオパトラにチェックインしたけど、チェックアウトしなかった。自殺に仕立てられていた——銃弾を呑《の》みこんだの。だけど、ビデオには客室に上がっていく男が黒衣の未亡人といっしょにいるところが映っていた。そのあと、彼女は降りてきたんだけど、ウィッグを変え、外見も変えていた。だけど、あの歩き方をしていた。彼女よ。確信がある」

沈黙が降りたが、ボッシュといると、バラードはそれに慣れていた。

「偽装自殺だ」ようやくボッシュは言った。

「マンリーもおなじでしょうね」バラードが言った。「だけど、自殺だとしたら——自殺だという仮定だとしても——どうして強盗殺人課が担当するの？」

「わからん。ひょっとしたらおれがレイエスに話したことのせいで、マンリーを連中のレーダーに戻したのかもしれない。連中がマンリーをどのように見過ごしたかおれが話している最中《さなか》にレイエスは連絡を受け取ったんだ。とにかく、車を停めるよ。法律事務所に上がっていけるかどうか確かめる」

「ハリー、彼女がまだそこにいる可能性がある。あるいは、少なくともまだ近所に」

「わかってる」

「あのね、もし彼らがマンリーを取り除く必要性を感じたとしたなら、あなたについてもおなじことを感じているかもしれない。あなたが事務所のなかに入り、掻《か》き回《まわ》したんだから」

「わかってる」

「だから、なかに入らないで。わたしが到着するのを待って。そっちに向かうわ」

BOSCH

49

ボッシュはグランド・アヴェニューの美術館を少し過ぎたところで縁石に車を寄せて停めた。グラヴ・コンパートメントのロックを外して、ふたつのものを取りだした——ベルト・クリップ・ホルスターに収めた小型の六連発拳銃と、引退に際して返却することになっていたが失ったと主張しておいた古いロス市警のIDタグ。

ボッシュは銃をベルトにクリップ留めし、上着のポケットにIDを入れた。ジープのハザード・ランプをつけたままで、外に降りる。美術館を通り過ぎて、カリフォルニア・プラザに向かうと、ガスタフスンとレイエスが、覆面カーのトランクをあけたまえに立って、捜査に必要になる機材を降ろしているところを見た。ボッシュはふたりに近づいていった。ガスタフスンはボッシュがやってくるのを見た。

「ここでなにをやってるんだ、ボッシュ?」ガスタフスンは言った。「あんたはロス市警じゃない、あんたはここで歓迎されていない」

「もしおれがいなかったら、きみたちはここにいさえしなかっただろう」ボッシュは言った。「きみたちは――」

「記録に留めるために言うが、ボッシュ、それでもあんたはクソの塊だ」ガスタフスンは言った。「だから、もういっていいぞ。バイバイ」

ガスタフスンは車のトランクを勢いよくしめ、ボッシュの退場を強調した。

「おれの話を聞いていないんだな」ボッシュは言った。「これは自殺じゃない。殺し屋がまだあの建物のなかにいる可能性があるんだ」

「ああ。オーランドから、さっき、あんたの女殺し屋の話を聞いたよ。それは筋のいい話だ」

「だったら、なぜきみはここにいるんだ、ガスタフスン？　いつ強盗殺人課は自殺を扱うようになった？」

「あいつは飛び降りた、あいつの名前がおれたちの事件で浮上した、おれたちは通報を受けた。おれのクソッタレな時間の無駄遣いだ」

ガスタフスンはボッシュの横を通り過ぎて、広場の現場に向かった。レイエスはおとなしくあとに従い、ボッシュに一言も言わなかった。

ボッシュは彼らが歩み去っていくのを見て、あたりを見渡した。建物の奥側に人群れがあり、警備員の制服を着た男たちがクレイトン・マンリーの死体を覆うのに用いられていた青い防水シートのまわりに境界線を設けているのが見えた。救急車から降りた救命士たちがそちらに向かっており、ガスタフスンとレイエスは彼らからそう遠くないうしろにいた。遠くからでも、青い防水シートは建物からほんの数十センチしか離れていないのがボッシュには見えた。

自殺に決まり切った手順はない。だが、ボッシュは、この仕事での経験から、飛び降りる人間たちは、飛び降りる建造物から自分たちを前方へ押しだそうとするのが一般的だと知っていた。〝足を踏み外したように落ちる〟場合もふつうにあったが、その方法は、〝勢いをつけて飛び降りる〟場合ほど的確でも、決定的でもなかった。建物には、建築上の胸壁、窓拭き用の足場、オーニングなどまっすぐに落ちていくのを邪魔しうるそれ以外の特徴的構造が備わっている場合が多い。自殺しようとする人物がもっとも望まないのは、その落下が途中で邪魔され、建物の側面に跳ね返り、へたすれば生きたまま底に取り残されることだった。

ボッシュはほかの連中が向かっている道筋から離れ、建物のエントランスに向かった。進みながら、カリフォルニア・プラザを眺めた。三面をオフィスタワー・ビルで囲まれていた。ボッシュが向かっているタワーは、もっとも高いもので、広場のどこかにあるカメラがマンリーの転落を捉えているだろうと推測した。そこから、落ちていくときに彼に意識があったかどうか判断できるかもしれなかった。

ボッシュはロビー・エントランスの回転するガラス扉に近づいていきながら、ポケットに手を伸ばし、自分の古いＩＤを引っ張りだすと、上着の胸ポケットに留めた。ここでの予定は、動きつづけ、だれかにＩＤの有効期限を読まれるほど長く立ち止まりはしないことだと、ボッシュにはわかっていた。

ドアを通り過ぎたとたん、円形の警備デスクに、来訪者はＩＤを示さなければ上にはいけませんと表示してあるのに気づいた。ボッシュは自信たっぷりの足取りでデスクに近づいていった。カウンターの向こうに座っている男女は、名札のついた青いブレザーを着ていた。

「ロス市警のボッシュ刑事です」ボッシュは言った。「同僚のだれかが、十六階のマイケルスン＆ミッチェルをきょう訪れた客について質問しましたか？」

「まだ訊かれていません」女性が答えた。彼女の名札にはレイチェルと記されていた。

ボッシュはカウンターに身を乗りだし、レイチェルのまえにある画面を見下ろしているかのような態度を取った。大理石の天板に片肘をつき、顎に手をやり、彼女の回答をじっくり考えているかのようにふるまった。そうすることで、前腕で自分のＩＤを彼女の視野から隠せた。

「では、見せてもらってもよろしいか？」ボッシュは言った。「法律事務所への来客全員のリストを」

レイチェルはタイプをはじめた。ボッシュが彼女の画面に対して取っている角度はあまりにも鋭角で、彼女がなにをしているのか見ることはできなかった。

「きょうの午前中に来客リストに載せられた方をお伝えすることしかできません」レイチェルは言った。

「それでけっこうだ」ボッシュは言った。「事務所のどの弁護士を訪ねてきたのかは、教えてもらえますか？」

「はい、必要なら、それはお伝えできます」

「ありがとう」

「これは自殺関係ですか？」

「まだ自殺とは決まっていません。それを捜査する必要があり、それゆえ、きょうその事務所にだれがやってきたのか知りたいのです」

ボッシュは振り返り、ロビーのガラスの壁の向こうを見た。死亡現場は見えなかったが、自分がガスタフスンとレイエスのほんの数手先にしか進んでいないと感じた。かれらのうちのひとりが、すぐに法律事務所に上がっていくだろう。

「オーケイ、ここに出ました」レイチェルが言った。

「それをプリントアウトしてもらえませんか？」ボッシュは訊いた。

「問題ありません」

「ありがとう」

レイチェルはカウンターを移動してプリンターのところにいき、トレイから紙を二枚手に取った。彼女はそれをボッシュに渡した。ボッシュはそれを受け取ると、カウンターをまわりこんで、エレベーターに向かった。

「十六階に上がります」ボッシュは言った。

「待って」レイチェルが言った。

ボッシュは凍りついた。

「なんです？」ボッシュは訊いた。

「エレベーターを利用するには来客カードが必要です」レイチェルが言った。

ボッシュはエレベーター・ロビーが電子改札口で守られているのを忘れていた。レイチェルがカードをプログラムして、ボッシュに手渡した。

「さあ、どうぞ、刑事さん。改札口のスロットに通してください」

「ありがとう。屋上にアクセスするにはどうしたらいいかな？」

「三十二階まではいけますが、そこからだとメンテナンス用の階段を使わなければなりません。ロックされていることになっていますが、きょうはされていないんじゃないかな」

「従業員が自分たちのオフィスに上がっていくにはどうしているんです？」

「ヒル・ストリートにある地下駐車場に入り、エレベーターでこの階まで上がり、そこからはみなさん改札口を通ります。従業員は永久カードを持っています」

「わかった、ありがとう」

「上ではお気をつけて」

ボッシュはまず屋上に上がろうと決めた。エレベーターに乗ってのぼっていきながら、どうやって黒衣の未亡人がやってのけたんだろうと考えようとした。どうにかしてマンリーを屋上に誘いだし、それから突き落とすか、抵抗力を奪って、押しだした。問題は、どうやってそこまでマンリーを上がってこさせたかだ。銃をつきつけて無理矢理法律事務所からマンリーを歩かせ、エレベーターに乗せるというのは、あまりにリスクが高すぎる。たまたまだれかがエレベーターに乗っているだけで、その可能性はかき消されるようだった。だが、どうにかして、彼女はマンリーを屋上にのぼらせた。

エレベーターがのぼっていくと、ボッシュは警備デスクで受け取ったプリントアウトにはじめて目を通した。もちろん、黒衣の未亡人が、従業員として、あるいは従業員といっしょにやってきた可能性があるのはわかっていたが、それにもかかわらず、リストに載っている十七名の来客の名前をじっくり見た。名前のどれもローリー・リー・ウェルズではなかった。それではあまりに安易すぎるだろう。だが、四人しかいない女性のだれもマンリーを訪れておらず、そのなかのひとりだけがマイケルスンあるいはミッチェルを訪れていた。そのひとりの名前はソンジャ・ソーキンだった。マイケルスンとの三時のアポイントのため、午後二時五十五分に到着していた。ボッシュといっしょに座っているときにレイエスが連絡を受け取っており、その時間から計算してマンリーは午後三時五十分から四時までのどこかで建物から墜落して死んだ、とボッシュは見積もった。

エレベーターがひらき、ボッシュは降りた。ホールのすみずみにまで目を向けると、ひとりの制服警官が屋上に通じるメンテナンス・エントランスと思《おぼ》しきもののあいているドアのまえに立っているのが見えた。ボッシュはそちらに向かって歩いた。

「だれかすでに上がっていったのか？」ボッシュは訊いた。

「まだです」パトロール警官は言った。「事件現場になるかもしれませんので」

ボッシュが近づいていくと、警官の名札にオールマンとあるのが目に入った。

「わたしが上に向かう」ボッシュは言った。

警官はためらい、ボッシュのＩＤタグに目を向けた。だが、ボッシュは廊下を振り返るかのように体をひねった。

「ここが上にいく唯一の階段なのか？」ボッシュは訊いた。

「そうです」オールマンは言った。「わたしがここに到着したときにはドアがあいていました」

「オーケイ、見させてもらおう。わたしのパートナーのレイエスがまもなく上がってくる。彼にわたしが屋上に向かったと伝えてくれ」

「わかりました」

オールマンは横にどき、ボッシュは大きなメンテナンス・ルームに入ったが、そこには屋上に通じる鉄製の階段があった。

ボッシュは階段をゆっくりのぼった。手術で修復した膝をかばいながら。少なくとも三十段はあった。最上段にたどり着くと、ボッシュは鋼鉄の手すりに寄りかかり、少しのあいだ呼吸を整えてから、扉を押しあけた。

金属の扉が風に煽《あお》られ、激しい音を立てて壁にぶつかると、鳥の群れが宙に飛びたった。ボッシュは扉の外に足を踏みだした。眺めはすばらしかった。西側では、太陽が太平洋に向かって沈みかけており、オレンジ色のボールが少なくとも三十キロ離れた青黒い海面を照らしていた。

ボッシュは遠いほうの端に歩いていった。そこでは建物はカーブしており、そこがマンリーの墜落した地点だとボッシュは判断した。ボッシュはゆっくりと歩いて、地面に目を走らせた。まずヘリポートを横切り、ついでタールの上に砂利が敷かれた広いスペースを横切った。ロス市警のヘリコプターが上空を旋回していた。重たい風がボッシュの体に吹きつけ、あまり縁には近づかないようにということを思いださせた。

足下でタールが直射日光を浴びて軟らかくなっているのが感じられた。

扉が背後でバタンと閉まり、ボッシュは腰に手を向かわせながら振り向いた。

だれもいなかった。

風だ。

高さ六十センチの胸壁が建物の縁に沿って並んでいた。建物の縁を際立たせ、夜に青く光る棒状照明が取り付けられている金属製の先端カバーがついていた。鏡張りになっているタワーは昼間はこれといって特徴のない外見だが、日没後はダウンタウンのスカイラインのなかで目立った存在になった。

縁に近いところに砂利の乱れがあった——長さ九十センチほど、砂利がタールの上から剝がされ目を引く箇所があった。ボッシュは片手で新しい膝を押さえながらしゃがみこみ、野球のキャッチャーの姿勢を取った。その痕跡をじっくり眺め、なにかをひきずった痕か、もみあったときに生じた足を滑らせた痕の可能性があると判断した。しかも、最近つけられたもののようだった——ここのタールは、ほかのところと違って、太陽やスモッグにさらされて灰色に変色していなかった。

ヘリコプターがやかましい音を立てて上空を通り過ぎた。ボッシュは見上げなかった。クレイトン・マンリーが建物の縁を乗り越え、骨の折れた鳥のように堅い地面に落ちていくまえに残した痕と確信しているものをボッシュは観察した。

50

十六階の受付エリアには、別の制服警官が立っていた。名札は、フレンチだった。

「うちの連中はすでにここに来ているか？」ボッシュは訊いた。

「まだです」警官は言った。

「きみはここの人間が出ていかないようにしているんだな？」

「そのとおりです」

「いつきみはここに来た？」

「通りの向かいのフードコートで休憩中《コード7》だったんです。通報があったあとわれわれはすぐにここに来ました。たぶん二十五分まえに」

「われわれ？」

「わたしのパートナーは上の階にいます。この法律事務所は、上の階にもエレベーターがあります」

「オーケイ、わたしは被害者のオフィスにいく必要がある」

「わかりました」

ボッシュはスエードのカウチを通り過ぎ、螺旋階段をのぼろうとしたが、あることを思いつき、制服警官のところに戻った。

「フレンチ巡査、きみがここに来てからだれかが出ていこうとしたか？」

「ふたりの人間が出ていこうとしました」

「だれだ？」

「名前は聞いていません。そうするようにとは言われていませんでした」

「男か女か？」

「男性ふたりです。彼らは法廷にいかなければならないと言いました。できるだけ早く出ていけるようにする、とわたしは伝えました。彼らは法廷に連絡すると言いました」

「わかった、ありがとう」

ボッシュはふたたび螺旋階段に向かった。黒衣の未亡人が来て去ったのをボッシュは確信していた。ゆっくりとホールを移動した。マイケルスンのオフィスのドアは閉まっていたが、ミッチェルのオフィスのドアはあいており、ボッシュが通り過ぎると、髪が白くなりかけている年輩男性が、床から天井まである窓のそばに立ち、広場を見下ろしているのが目に入った。

クレイトン・マンリーのオフィスのドアも閉まっていた。ボッシュはドアに耳を寄せ、会話を聞き取ろうとしたが、なにも聞こえなかった。上着の袖でてのひらを覆い、ハンドルを押して、ドアをあけた。

オフィスは無人だった。ボッシュはなかに入り、ドアを閉め、ドアの横に移動すると、部屋全体を見渡した。まず床を確認し、絨毯やほかのどこにも疑念や興味を抱かせるようなくぼんだ箇所は見当たらなかった。部屋の残りの部分に目を走らせたが、争いがここで発生したような形跡は見えなかった。

ボッシュは立ち上がり、机のうしろにまわりこみ、ふたたび上着の袖を使って、コンピュータのスペースバーを叩いた。画面が生き返ったが、パスワードで保護されていた。手を袖で覆ったまま、ボッシュは引き出しをあけたが、下のほうにあるファイル引き出しの最初の段にたどり着くまで特筆すべきものはなにも見つからなかった。キーがまだ錠に刺さったままだった。なんとかそれを袖でまわしたところ、いくつかのファイルの上に、けさ、ボッシュがマンリーに渡した書類があった。ボッシュはいちばん上の紙の余白にいくつかメモが書かれているのを見た。

引き出しから書類を取り上げるのと同時にオフィスのドアがいきなりひらき、さきほどミッチェルのオフィスの窓際で見かけた男がそこに立っていた。男はさきほどチラッと見たときに認識したよりも背が高かった。怒り肩、胴は分厚いが太ってはいなかった。四十年まえなら、オフェンス・ラインマンでありえただろう。

「きみは何者だ？」男は言った。「警察か？　生きていようと死んでいようと、弁護士の書類を調べる権利はきみにないぞ。これは言語道断な行為だ」

ボッシュはその質問に対するいい回答やはったりは存在しないとわかっていた。ボッシュは絶体絶命だった。唯一自分にとって救いになるかもしれない点は、ミッチェルが――もし彼がミッチェルであればだが――ボッシュに見覚えがないことだった。それによってボッシュはミッチェルが自分の法律事務所の違法な活動に気づかず、切り離されている可能性に飛びついた。

「ここに入り、特権で保護されている情報を調べている自分を何様だと思っていると、わたしは訊いたんだ」男は迫った。

ボッシュは自分の唯一の防御は攻撃だと踏ん切りをつけた。

ボッシュは上着からＩＤタグを取り外し、相手に突きつけてから、上着のポケットに突っこんだ。

「おれは警官だったが、もうちがう」ボッシュは言った。「それにマンリーのファイルを手当たり次第に掻き回しているんじゃない。自分のファイルを取りに来たんだ。彼は死に、おれは自分の持ち物を取り返したいんだ」

「では、きみがすべきことは新しい弁護士を雇うことで、その弁護士はきみの代理人としてそのファイルを要求するだろう」男は言った。「オフィスに押し入って、引き出しから書類を盗むのはきみのやるべきことじゃない」

「おれは押し入ってはいない。歩いて入ったんだ。それにもともとおれのものであるものを盗んではいない」

「きみの名前は？」

「ボッシュだ」

その名前は戸口にいる男になんの衝撃も与えず、そのことがさらにボッシュの推測を裏付けた。

「おれはマンリーと約束があった」ボッシュは言った。「書類に署名するために来たんだが、あの男はあそこの広場いっぱいに飛び散った。おれは自分のファイルがほしいと思い、彼に渡した書類を取り返したいと思った。おれはここから出ていきたい」

「いまも言ったように、そういうふうにはいかん」男は言った。「きみはこの部屋からなにも持ちだせない。おわかりか？」

ボッシュは異なる路線を進むことに決めた。

「あんたがミッチェルだな？」

「サミュエル・ミッチェルだ。わたしがこの事務所を二十四年まえに共同で設立した。わたしは会長であり、マネージング・パートナーだ」

「マネージング・パートナー。ということは、あんたは金を集めるが、訴訟には関わっていない、そうだな？」

「きみと自分の仕事やこの事務所について話をするつもりはない」

「では、マンリーとあんたのパートナーのマイケルスンがなにをやっているのか、たぶん知らないんだろう。あの女のことも知らないのか？」

「あの女？　どの女だ？　だれの話をしているんだね？」

「ソンジャ・ソーキン。ローリー・リー・ウェルズ。黒衣の未亡人――いろんな名前で呼ばれている。ほかに方法がないときに――合法的な方法がないときに――物事を片づけるために彼らが使っていた女だ」

「きみがなにを言っているのかわけがわからんし、きみに立ち去ってもらいたい。いますぐ。警察がいつここに来るかもしれないのだ」

「わかっている。そしてそれはあんたにとっていいことではないぞ、サミュエル。そうなればすべてが明らかにされる。彼女はどこだ？　どこにソンジャ・ソーキンはいる？」

「わたしにはだれのことなのか、きみがなにを言っているのかわからん」

「おれは連中がモンゴメリー判事を殺すために利用した女の話をしている。判事が法廷でマンリーにした仕打ちの仕返しにな。エディスン・バンクス・ジュニアを殺すために利用した女だ。彼があんたのところの最大のクライアントのひとりが持つ船舶関係の財産に対する脅威にならないようにするために。それ以前に彼らが何度利用したのかだれにもわからない女だ」

ミッチェルはバケツに入った冷水を浴びせられたような様子になった。顔が強《こわ》ばった。目を大きく見開き、さまざまな事情に対する理解が浮かび上がった。本当の反応だ、とボッシュは判断した。真正の驚きと、ひどいことに対する理解。

ミッチェルは首を振り、気を取り直した。

「あの」ミッチェルは言った。「このオフィスからただちに立ち去るようお願いしている――」

金属的な弾《はじ》ける音とドサッという音がした。ふたつの音はドラマーが同時にスネアを叩き、バスを踏んだように重なりあった。ミッチェルの慎重に櫛《くし》で梳《と》かした髪の毛のてっぺんが跳ね上がり、ボッシュは銃弾が格天井に当たる音を聞いた。するとミッチェルは膝から激しく倒れた。目はうつろでなにも見ていなかった。手も突かずまえのめりに顔から床に倒れるよりまえに、彼は死んでいた。

ボッシュはミッチェルの死体の背後のあいたドアを見た。マイケルスンが入ってくると予想していたが、そこにいたのは黒衣の未亡人だった。消音器が取り付けられたブラックスチールのオートマチックを持った手を体の横に下げていた。黒い着衣に黒いウィッグをかぶっていた。

ボッシュは肘を曲げ、両手を掲げて、自分がなんの脅威でもないことを示そうとした。発砲の金属音とミッチェルの死体が倒れた音に待合エリアの警官がやってくるのを期待した。あるいは、ひょっとしてガスタフスンとレイエスがようやくやってきて、窮地から救ってくれることを。

ボッシュは死体をうなずいて示した。

「マンリーの自殺はこれで通用しなくなるだろうな」ボッシュは言った。

女は最初その餌に釣られなかった。彼女はばかにしたあるいは歪んだ微笑のどちらかを浮かべて黙ってボッシュを見ていた。ボッシュが昔から好きだった女優のように。奇妙なことに、ボッシュはその女優が出演した映画のことを考えはじめていた――『ダイナー』、『シー・オブ・ラブ』、彼女が連続殺人事件を捜査している刑事役を務めた映画や――

「なぜこんなことをしたの？」女が言った。「あんたは警官でもないのに」

「わからん」ボッシュは言った。「いったん警官になったら、ずっと警官なんだろうな」

「こんなことから離れていればよかったのに」

ボッシュはかすかな訛《なま》りを感知したが、どこの訛りかはわからなかった。東欧かな、と推測する。彼女が自分を撃つつもりであり、それに間に合うよう自分の銃に手を伸ばすのは無理だとわかっていた。

「なぜ立ち去らなかったんだ――マンリーを殺したあとで？」ボッシュは訊いた。

「ずっとまえにいなくなっているべきだったのに」

「そうした」女は言った。「わたしは安全だった。だけど、あなたを見かけたの。あなたのために戻ってきた。仕事は、マンリーとあなただった。おかげでずいぶん時間の節約になった」

ボッシュはそれを考え合わせた――マイケルスンは、混乱を片づけようとした。マンリーが自分と事務所に対してどんな強みを持っていたとしても、鶏小屋に狐を招き入れたことで、ついに長居を許されなくなったのだ。彼は去らなければならなかった——それは狐もおなじだった。

「ミッチェルはどういうことなんだ?」ボッシュは訊いた。「彼は無料で片づけたのか?」

「いいえ、たまたま邪魔だったから」女は言った。「だけど、うまく利用できるわ。あなたが彼も殺ったことにする」

ボッシュはうなずいた。

「なるほど」ボッシュは言った。「怒った元警官が大暴れする。自分の弁護士を屋上から放りだし、設立パートナーを殺す。それはうまくいかんぞ。きみがマンリーを縁から投げ落としたとき、おれは警官といっしょにいた」

女は銃を持って手ぶりで示した。

「この状況でわたしにできる最善の行動がこれなの」女は言った。「彼らが真相を突き止めたときには、わたしはいなくなっている」

女は狙いを定め、ボッシュはこれで終わりだとわかった。決闘の演技をおこない、自分の好きなことをしながら死んでいったタイロン・パワーのことをボッシュは突然思った。そして、恐ろしい秘密を抱えて墓に向かったジョン・ジャック・トンプスンのことを。ボッシュはそのどちらの心構えもできていなかった。

「ひとつ質問させてくれ」ボッシュは言った。

「急いで」

「どうやってあの男をあそこに連れていったんだ？　マンリーを。どうやって屋上まで連れていったんだ？」

女はまたしても歪んだ笑みを浮かべてから答えた。ボッシュは彼女が狙いを下げたのを見た。

「簡単だった」女は言った。「あなたが追ってくる、われわれは屋上にヘリコプターを待たせている、と言ってやったの。われわれはベガスに向かい、そこで彼は新しい名前と新しい生活を手に入れるんだ、と。ミスター・マイケルスンがすべての手はずを整えた、と言ってやったわ」

「それで彼はきみの話を信じたんだ」ボッシュは言った。

「そこがあの男のミスね」女は言った。「わたしたちは彼のコンピュータのデータを消去し、彼はさよならを告げるメールを事務所の全員に送った。いったん屋上に上がると、あとは簡単だった。こんなようにね」

BALLARD

51

バラードはエレベーターを降り、すぐに左側の待合エリアに立っている制服警官を見た。彼女はまっすぐ彼に近づいていき、上着を引いてバッジを見せた。警官の名前がフレンチであるのを見た。

「ある男を捜している——六十代、口ひげ、警官のように見える」バラードは言った。

「そういう男がいましたが、正規のＩＤを持っていました」フレンチが答えた。

「彼はどこにいる？」

フレンチが指さした。

「階段をのぼっていきました」フレンチは言った。

「わかった」バラードは言った。

彼女が受付デスクにいくと、若い男性が携帯電話でソリテアをしていた。

「クレイトン・マンリーのオフィスはどこ？」

「その階段をのぼって、マイケルスンさんのオフィスとミッチェルさんのオフィスを通り過ぎた廊下の最後にあるオフィスです。ご案内できます」

「いえ、あなたはここにいて。ひとりで見つける」

バラードは足早に螺旋階段とホールのほうへ向かった。廊下にたどり着くと、左側にある手前の二枚のドアは閉まっていたが、最後のドアがあいているのが見え、人声が聞こえた。ひとりの声は女性のものであり、もうひとりの声はまちがいなくハリー・ボッシュの声だった。

バラードは静かに銃を抜き、体のまえに両手で構えると、廊下を移動し、あいたドアに近づいた。耳をそばだてる。

「そこがあの男のミスね」女は言った。「わたしたちは彼のコンピュータのデータを消去し、彼はさよならを告げるメールを事務所の全員に送った。いったん屋上に上がると、あとは簡単だった。こんなようにね」

バラードはドアにたどり着き、背中をこちらに向けて女性が立っているのを見た。黒髪、黒い服。バラードは思った——**黒衣の未亡人**だ。その向こうでひとりの男がうつぶせに倒れていた。白髪だが、ボッシュの髪の毛とは似ていなかった。

女は消音器を取り付けている武器を持ち上げつつあった。

「動いたら死ぬよ」バラードが言った。

女は凍りついた。腕はまっすぐ伸びていたが、武器は発砲姿勢になる途中までしか持ち上がっていなかった。

「武器を捨て、両手を見せなさい」バラードは命じた。「いますぐ！」

女は動かぬままで、バラードは彼女を撃たねばならなくなるとわかっていた。

「最後のチャンスよ。武器……を……捨てなさい」

バラードは両腕をわずかに掲げて、銃の照準を合わせられるようにした。首のうしろへの一撃で女の脊髄を断ち切れるだろう。

女が銃を持っている手をひらくと、消音器付きの銃身の重さで、銃口が下を向き、銃把が上にあがった。

「これはヘア・トリガーなの」女は言った。「下に落とすと暴発しかねない。床に降ろすわね」

「ゆっくりと」バラードは言った。「ハリー？」

「おれはここだ」ボッシュが右側から言った。

「銃を持ってる？」

「彼女の右側に構えている」

「よかった」

部屋のなかの女はゆっくりと膝を折り、しゃがみはじめた。バラードは銃で狙いをつけたまま、女の動きを追った。武器が残り数センチのところで床に落とされるまでバラードは息を詰めていた。

「いいわ、立ち上がりなさい」バラードは命じた。「窓際に移動して、両方のてのひらをガラスに押し当てて」

女は指示どおりに行動し、床から天井まであるガラスパネルに歩み寄り、両手を持ち上げて、そこに置いた。

「銃で狙えた？」バラードが訊いた。

「ああ、狙ってる」ボッシュが答えた。

ボッシュは銃口を上げ、自分が女にしっかり照準を合わせていることをバラードに請け合った。

バラードは自分の武器をホルスターに収め、女の身体検査をするため近づいた。

「ほかの武器を身に付けている？」

「床にあるものだけ」

「いまからあなたの身体検査をします。もし武器が見つかったら、困ったことになるからね」

「見つからないよ」

バラードはまえに進み、片足を使って、女の両脚を広げさせた。それから軽く叩いて武器の有無を確認する作業を、まず脚の下のほうからはじめて上に向かった。

「そんなことする必要があるの？」女は訊いた。

「あなたの場合は、あるね」バラードは言った。

「こういうの好きなんだろ」

「仕事の一部」

検査を終えるとバラードは女の背中に手を置いて、相手を動かないようにさせた。それから手錠をベルトから外した。

「オーケイ、片方ずつ」バラードは言った。「ガラスから手を外して、背中にまわしなさい。まず右手から」

バラードは降ろされた右腕の手首をつかみ、黒衣の未亡人の背中にまわしはじめた。だが、女はまるでバラードによって体を回転させられたかのように、クルリと振り向いた。バラードはそれをやめさせようとした。

「だめ――」

　バラードは感じるより先に見た。女の手のなかには、角のように刃が曲がっている折りたたみナイフが握られていた。鋭利に尖《とが》って光っている刃先を除いて、全体がマットブラックだった。女はそれを振り上げ、バラードの左の脇に突っこみ、反対の腕でバラードの首をV字に固めた。いまや女はバラードのうしろにまわり、彼女を盾に利用していた。バラードはボッシュが銃を構え、クリーンショットを当てられる場所を探しているのを見たが、そんな場所はなかった。

「腕の下の動脈を切ってやった」女は言った。「三分で失血死する。銃を降ろしな。わたしはここから歩いて出る。彼女は生き延びる」

「撃って、ハリー」バラードは言った。

　女はバラードの背後で位置を調整し、すっぽり隠れるようにした。バラードは首のうしろに女の息がかかるのを感じた。あばら骨を血が流れ、脇腹を伝い落ちていくのが感じられた。

「あと二分半」女は言った。

「正面には警官がいるぞ」ボッシュは言った。

「コピー室に階段への出口がある。あと二分よ」

ボッシュは非常口を見たのを思いだした。銃でドアのほうを示した。

「いけ」ボッシュは言った。

「銃を」女は言った。

ボッシュは銃を机に置いた。

「ハリー、だめ」バラードはかすれ声でなんとか言った。

すると、バラードは自分がオフィスのドアのほうに引っ張られるのを感じた。

「本棚まで引き下がりなさい」女が命じた。

ボッシュは両手を掲げ、うしろに下がった。バラードはドアのほうへ引っ張られていく。

「あなたには選択肢がある」女は言った。「彼女を救うか、わたしを追いかけるか」

バラードは女のしめる力がゆるむのを感じた。ドアフレームにうしろむきに倒れ、ずるずると座った姿勢までずり落ちた。

ボッシュがすぐさま机をまわりこんでバラードのもとにやってきた。すばやく両手をバラードの上着の下からベルトにまわして、無線を引きはがした。ボッシュはその使い方を知っていた。

「警官が倒れた！　カリフォルニア・プラザ・ウェストの十六階にただちにメディカ

ルを寄越してくれ。クレイトン・マンリーのオフィスだ。繰り返す、警官が倒れた。警官が刺され、血を失っている、緊急医療措置が必要だ」

　ボッシュはローヴァーを床に置き、バラードの上着をひらいて、ナイフの傷を見ようとした。

「ハリー……大丈夫、彼女を追って」

「きみを右側を下に寝かす。傷が高い位置になるように。きみは大丈夫だ。傷を押さえている」

「だめ、いって」

　ボッシュはバラードの言葉を無視した。やさしく彼女を横にさせていると、廊下を走る足音が聞こえた。フレンチ巡査が戸口に姿を現した。

「フレンチ」ボッシュは叫んだ。「救急救命士を連れてこい。広場にチームが来ている。連中をここに上がらせろ。それから無線で指令を出せ。女性、三十代、白人、黒髪、全身黒ずくめ、武器を持ち、危険。彼女は非常階段に向かった。この建物から逃げようとしている」

　フレンチは動かなかった。いま見ているもののせいで凍りついているようだった。

「いけ！」ボッシュは怒鳴った。

フレンチは姿を消した。バラードは床からボッシュを見上げた。自分の時計が時間切れになろうとしているのを感じた。理由はわからないが、バラードは笑みを浮かべた。ボッシュが話しかけているのがかろうじて聞こえた。

「しっかりしろ、レネイ。きみの腕を使って傷口を圧迫する。痛いぞ」

肘をつかんでボッシュはバラードの腕を持ち上げ、上腕二頭筋で傷口を押さえつけるようにした。まったく痛くはなく、それでバラードは笑みを浮かべた。

「ハリー……」

「しゃべるんじゃない。エネルギーを無駄にするな。がんばれ、レネイ。しっかりしろ」

BALLARD
AND
BOSCH

52

バラードは体の左側に稲妻が走るような痛みを感じずにベッドの上で体を動かせない気がした。ボイル・ハイツにあるホワイト・メモリアル病院で処置を受けていた。カリフォルニア・プラザでの一件から二度めの朝で、集中治療室から出ることができた。黒衣の未亡人はカーブした刃でバラードの腋窩動脈に切れ目を入れただけだったが、それでもバラードは大量に血液を失っていた。救急救命士が出血を食い止め、ERの医師が傷ついた血管を四時間におよぶ手術で修復した。ただ、いまはバンジーコードで左腕を体に縛りつけられているような感じがして、少しでも動くと生まれてこのかた経験したことのないような痛みが発生するのだった。

「動くのをやめるんだ」

頭を動かすとボッシュが病室に入ってくるのが見えた。

「言うのは易《やす》く、するのは難しい」バラードは言った。「今回は、問題なく入れた？」

「問題ない」ボッシュは言った。「おれはやっと面会可能リストに載った」

「病院には、あなたはわたしのおじさんということにしたの」

「祖父でもかまわんぞ」

「それを考えるべきだったな。で、ニュースはなに？　まだ行方知れず？」

ボッシュはベッドの横にある椅子に腰を下ろした。左側のテーブルには、花の入った花瓶や動物のぬいぐるみ、カード類がたくさん載っていた。

「黒衣の未亡人は行方知れずだ」ボッシュは言った。「だが、少なくともだれを捜しているかはわかっている。彼女が残した銃の弾薬のひとつから指紋が検出され、彼女の正体が突き止められた——と、考えられている。FBIがずっと彼女を追っていたのがわかった。彼女がマイアミでやった汚れ仕事のせいで」

「名前はわかったの？」

「カタリナ・カバだ」

「それはどこの名前、イタリア人？」

「いや、じっさいにはキューバ人だ」

「どうやって彼女はバットマンと結びついたの？」

「忘れているだろ、おれはもうクラブのメンバーじゃないんだ。きみの市警の人間はおれに一言も話さない。おれが知っていることは、おれを訊問した連邦警察の人間から手に入れたんだ。連邦警察は、この件で彼らがまとめようとしている特捜チームの一部なんだ。FBIとベガス・メトロ、ロス市警。FBIの男の話では、ブティーノと彼の組織の人間は、相互に恩恵のある仕事をやったときに彼女を拾い上げたそうだ。それから彼女は、ブティーノの頼みの綱になった。その結果、彼女はマイケルスン&ミッチェルの関心を惹くようになったんだ」

「マイケルスンを逮捕したの？」

「ああ、ヴァンナイズ空港で捕まえた。プライベートジェットでグランド・ケイマンに向かう寸前だった。いまは答弁取引で逃れようとしている。全部マンリーにおっかぶせて。むろん、マンリーは死に、彼のコンピュータは屋上にあがるまえに中身を削除されている。だけど、カバがおれに言ったことを連中に伝えた――マイケルスンがマンリーとおれの暗殺を仕組んだんだ、と」

「そうね、マイケルスンを百年は世間から遠ざけてほしいな」

「ダンスだ。少しでも刑期を短くしたかったら、全部白状しなければならないと、いずれ気づくだろう」

「あなたのFBIの情報源は、マンリーが握っていたマイケルスンの弱みについてなにか考えは持っていないの？　なぜさっさと彼を追い払わなかったのかの理由は？」

「彼らは、マンリーが知りすぎていたからではないかと推測しているだけだ。マイケルスンがカバを使ったほかの事件が判明するだろうと彼らは考えている。モンゴメリー判事は最初の暗殺ではなかった。もしかしたら、あれは自分勝手な作戦だったかもしれないんだ――マンリーはマイケルスンの承認なしに自分のところのお抱えの殺し屋を利用した。だが、マイケルスンはなにをするつもりだったんだろう？　マンリーを首にする？　マンリーは知りすぎていた。マイケルスンはたぶんハーシュタットが有罪判決を受けるのを待っていたんだろう。判事殺害事件の話が徐々に小さくなっていったら、そのあとでマンリーに対して動くつもりだった」

「でも、あなたがやってきて、すべてをスピードアップしてしまった」

「そのようなものだな」

ボッシュはお見舞い《ゲット・ウエル・スーン》カードとともにバラードに送られてきたぬいぐるみの犬を何気なく手に取った。

「友だちのセルマ・ロビンスンから届いたもの」バラードは言った。「ヒルトン事件担当の地区検事補」

「すてきだ」ボッシュは言った。

ボッシュは犬を戻した。バラードは物であふれかえったテーブルを見た。暗殺者の刃で切り裂かれたあとに花束や見舞い状をもらうのは奇妙に思えた——ホールマーク・カード社にはそんなことに対する特別な見舞いのカードはなかった。だが、このテーブルや、室内のあらゆる水平面は花やカードやぬいぐるみの動物やその他の見舞いの品で覆われているようだった。その大半は同僚の警官たちから贈られたものだった。ずいぶんまえに背を向けたと思っていた市警からこれほどたくさんの関心とこれほどたくさんの見舞いをもらうのは奇妙な矛盾だった。医師の話では、手術の夜、献血をするために三十人以上の警官が姿を現したそうだ。医師は彼女にその名前のリストを渡した。多くがレイトショーの警官だったが、その大半をバラードはまったく知らなかった。その名前を読んだとき、一筋の涙がバラードの頬を伝った。

ボッシュはバラードのなかを流れている感情を理解しているようだった。ボッシュは一拍待ってから、訊ねた。「で、オリバスは立ち寄ったのか？」

「ええ、来てくれた」バラードは言った。「けさ。たぶんいかなければならないと感じたんでしょうね」

「彼はいい一週間を過ごしている」

「まったくそのとおり。まず、ヒルトン事件の栄誉を勝ち取った。次にこれ。彼はモンゴメリー事件、バンクス事件、マンリー事件を解決したことになる。四打数四安打になる」

「すごい打率だな。すべてきみのおかげだ」

「それにあなたの」

「これでレイトショーから出られるんじゃないか」

「いいえ、わたしがそれを望まない。いまでもわたしは彼のために働く気はない。オリバスのためにには。それに強盗殺人課じゃなければ、わたしはどこにいくの？　それに、午前零時を過ぎるとこの街ではあらゆることが起こる。わたしはダークアワーが好き。退院させてくれたらすぐ、戻るわ」

ボッシュは笑みを浮かべてうなずいた。それが彼女の答えだろうとわかっていた。

「あなたはどうなの？」バラードは訊いた。「これからなにをする気？」

「きょうは訪問をする日だ」ボッシュは言った。「おれは次にマーガレット・トンプスンに会いにいく」

バラードはうなずいた。

「ジョン・ヒルトンのことを彼女に話すつもり？」バラードは訊いた。

「わからん」ボッシュは言った。「彼女がこの件を全部知る必要があるのか疑問なんだ」

「ひょっとしたらすでに知っているのかも」

「ひょっとしたらな。でも、ちがうんじゃないかな。もし知っていたら、そもそもおれに連絡してこなかったんじゃないかと思う。おれにそんなことをさせたがるとは思わないんだ。ジョン・ヒルトンのことを突き止めさせたいとは」

ボッシュはそのあと黙りこみ、バラードは一拍待ってから口をひらいた。

「残念だわ」バラードは言った。「彼があなたにとって大切な人だったと知ってる。それに、こんなことを抱えるのは……真実が明らかになって……」

「ああ、そうだな……」ボッシュは言った。「真のヒーローはめったに見つからないんだろう」

ふたりはまた黙りこみ、ボッシュは話題を変えたくなった。

「前回あそこに、彼女の家にいったとき」ボッシュは言った。「ほら、彼の書斎を調べるためにいったとき——彼が殺人事件調書を盗んだ理由を知るまえに……とにかく、彼のクローゼットのなかに古い事件の資料を保管している箱を見つけたんだ。完全な殺人事件調書ではなく、古い事件のいくつかの時系列記録や報告書や要約のコピーだ」

「彼が捜査した事件の？」バラードは訊いた。

「ああ、自分自身が捜査した事件のだ。そのなかにあるものがあった――おれが彼といっしょに捜査にあたった事件の六十日めの捜査要約書だ。若い女性がハリウッド・フリーウェイの下を自転車に乗って走っていて……姿を消したんだ。数日後、彼女の死体が発見された。殺人だった。その事件をおれたちは解決できなかった」

「彼女の名前は？」

「サラ・フリーランダーだ」

「その殺人事件が起こったのは？」

「一九八二年だ」

「わあ、ずいぶん昔なんだ。で、結局、解決しなかった？」

ボッシュは首を横に振った。

「マーガレットにその箱を譲ってもらえるよう頼むつもりだ」ボッシュは言った。

バラードにはボッシュの目がはるか昔のその事件を見ているのが読み取れた。すると、彼は現在に戻ったようだった。顔を輝かせ、バラードにほほ笑んだ。

「オーケイ、では」ボッシュは言った。「きみを休ませよう。いつごろ退院できそうか、わかっているのかい？」

「いまは感染症を気にされている」バラードは言った。「それさえなければ、大丈夫。なので、もう一日観察のうえで、退院させてもらえると思っている。最長でも二日ね」

「じゃあ、あした戻ってくるよ。なにか要るものはあるかい？」

「大丈夫。あなたがうちの犬を散歩させたいのではないかぎり」

ボッシュは黙りこんだ。

「そうじゃなさそうね」バラードは笑みを浮かべて言った。

「おれは動物とはあまりうまく付き合えないんだ」ボッシュは言った。「つまり、きみがほんとに――」

「気にしないで。セルマがあの子の様子を見て、散歩に連れていってくれている」

「じゃあ、よかった。それはすばらしい」

ボッシュは立ち上がり、バラードの右手を握り締めると、ドアに向かった。

「サラ・フリーランダー」バラードが言った。

ボッシュは立ち止まり、振り返った。

「もしあなたがその事件を調べるなら、わたしがいっしょに調べるわ」

ボッシュはうなずいた。

「ああ」ボッシュは言った。「取引成立だ」

ボッシュは部屋を出ようとした。バラードがまた呼び止めた。

「実を言うとね、ハリー、もうひとつお願いがあるの」

ボッシュはベッドに戻ってきた。

「なんだ？」

「ここの花とぬいぐるみの写真を全部まとめて撮ってもらえないかな？　これを全部覚えておきたい」

「いいとも」

ボッシュは携帯電話を取りだし、フレームに見舞いの品が全部入るように部屋の片方に寄った。

「きみも入りたいかい？」ボッシュは訊いた。

「つたく、いやよ」バラードは言った。

ボッシュは微妙に違う角度で三枚撮影し、電話の写真アプリを起ち上げて、ベストショットを選んでバラードに送信しようとした。〔すべての写真〕をクリックしようとすると、クレイトン・マンリーのオフィスを調べたときに撮影した写真が目に入った。その後起きたさまざまな動きのなかでその写真のことをすっかり忘れていたのだ。マンリーのコンピュータの中身が削除されるまえの、ある書類の写真だった。

その書類には「送金」の名前がついており、なかに十三桁の数字とそれにつづくG・Cの文字しか記されていなかった。ボッシュは、そのG・Cがグランド・ケイマンを表しているかもしれないと悟った。

「ハリー、なにかまずいの？」バラードが訊いた。

「あー、いや」ボッシュは言った。「なにか正しいものがあった」

エピローグ

彼女はつねにドアに向かうように座っていた。いつも十一時に店があくとすぐにくるようにしていた。彼が来るまえにカフェ・コン・レチェとキューバン・トーストを食べられるように。今回もそれは変わらなかった。早い時間で、〈エル・ティナジョン〉のランチ・ラッシュがはじまるまえだった。そうしないと、キューバン・トーストを作ってくれないのだ。メニューには載っていない――特別に頼まないとだめだった。

周辺視野にひとりの女性が厨房から出てくるのが見えた。トーストを運んでくるマルタだと思った。だが、ちがっていた。女性は彼女の真向かいに腰を下ろした。彼女にはどこか見覚えがあった。

「バットマンは来ないわ」女性は言った。

いまやカバは相手がだれだかわかった。

「生き延びたんだ」カバは言った。

バラードはうなずいた。

「彼がわたしを売ったのね？」カバが言った。

「いいえ」バラードが答える。「バットマンは話そうとしない。マイケルスンよ」

「マイケルスン……」

カバは心から驚いている様子だった。

「グランド・ケイマンが中心だったのね」バラードは言った。「逮捕されたとき、マイケルスンはそこに向かおうとしていた。さらに、わたしたちはあなたのオフショア口座をそこに見つけた——ハリー・ボッシュのおかげで。そこから連邦警察がおなじ銀行にマイケルスンの口座を発見するのにつながった。連邦警察がマイケルスンの資金にたどり着いたとたん、ゲームは終了した。彼は自分の家族の面倒をみるのに充分な額を確保できるよう、関係者全員を売った」

「家族がいちばん」カバが言った。

「そして、マイケルスンはあなたの見つけ方を教えてくれた」

「わたしがこれまでにした唯一のミスは、男たちを信用することで起こった」

「男たちはがっかりさせてくれるからね。一部の男たちは」

カバはうなずいた。バラードは相手の手をじっと見ていた。

「手を動かさないで」バラードは言った。「あなたを逮捕します」

その言葉がキューになっていた。すぐに特捜班のメンバー――FBI、ベガス・メトロ、ロス市警――が、裏の廊下を通り、厨房と出入り口のドアからやってきた。銃を抜いており、黒衣の未亡人にいかなるチャンスも渡すまいとしていた。

バラードは立ち上がり、テーブルから後退した。男たちがカバに近づき、腕をつかみ、きつく拘束した状態で身体検査をした。彼らは四週間まえにバラードが見過ごした自家製の前腕につける鞘《さや》に入った曲がったナイフを見つけた。彼女が床に置いていたハンドバッグに拳銃を見つけた。

手錠をかけられるあいだ、カバはバラードから目を離さずにいた。テーブルから出入り口のドアに向かって連行されていくとき、カバはかすかにほほ笑みを浮かべた。外には彼女を連邦警察のラスベガス支局に運んでいくためのヴァンが待機していた。サイドドアが叩き閉められると、ヴァンはすぐに発進した。

「よくやった、レネイ」

それはベガス・メトロ警察のケンワースだった。彼はバラードの背後にまわり、彼女のベルトから録音機を外した。その間、バラードは自分のブラウスの襟ぐりの内側から小型マイクロフォンを外した。コードを引っ張って外し、ケンワースに渡した。

「彼女はなにも話さないでしょうね」バラードは言った。

「彼女は共同謀議と犯罪について知っているということを示した」ケンワースは言った。「あの検察官ならそう言うだろうな。おれなら、こう言う──よくやった、と」

「連絡をしないと」

バラードは携帯電話を取りだし、だれにも聞かれずに話ができるように奥のホールに向かいながら、〔よく使う項目〕のリストに載っている名前のひとつを選んだ。

「ハリー、彼女を捕まえたわ」

「障害はなし？」

「障害なし。あのナイフまで持っていた。伸縮素材のストラップで前腕に隠し持っていた。あの日、わたしはそれを見逃したのね」

「だれだって見逃したさ」

「かもしれない」

「で、彼女はきみに話したのか？　なにか重要なことを？」

「けっして男たちを信用できない、と言った」

「傾聴に値する言葉だな。どんな気分だ？」

「いい気分よ。でも、彼女はここから連れていかれるときにわたしに向かってほほ笑みのようなものを向けた。まるで、これで終わりじゃないと言っているかのように」

「彼女はほかになにができる？　いずれにせよ、おれにもそのほほ笑みを向けていたぞ」

「だけど、不気味だわ」

「ベガスは不気味なんだ。いつ戻ってくるんだ？」

「ＦＢＩの支局にいき、向こうがわたしになにかしてほしいことがあるかどうか確かめる。そこでお役御免になったらすぐ帰るわ」

「けっこう。連絡してくれ」

「あなたはフリーランダーの捜査をしているの？」

「ああ、おれはあいつを見つけた。彼女がノーと言った男を。まだこのあたりにいるんだ」

「わたしが戻るまでなにもしないで」

「了解」

謝辞

本書執筆にあたって作者はおおぜいの協力を得た。法執行方面では、リック・ジャクスン、ミッチ・ロバーツ、ティム・マーシャ、デイヴィッド・ラムキンの、法律方面では、ダニエル・デイリーとロジャー・ミルズのご協力があった。

リサーチと編集に関して、アーシア・マクニック、リンダ・コナリー、ジェーン・デイヴィス、ヘザー・リッツォ、テリル・リー・ランクフォード、デニス・ヴォイチェホフスキー、ジョン・ホートン、ヘンリク・バスティン、パメラ・マーシャル、アラン・ファローにご協力いただいた。

みなさん、どうもありがとう。

著者付記

法執行機関が裁判所に盗聴の許可を得るために取らねばならないステップは数多い。本作では、劇的効果を得るため、その手続きを簡略化している。

訳者あとがき

古沢嘉通

本書は、マイクル・コナリーが著した三十三冊めの長篇The Night Fire (2019) の全訳である。ボッシュ・シリーズとしては、前作『素晴らしき世界』Dark Sacred Night (2018) につづく二十二作めにあたり、レネイ・バラード・シリーズとしては、『レイトショー』The Late Show (2017)、『素晴らしき世界』につづく第三作めにあたる。すなわち、ボッシュ&バラードものの第二弾である。さらに、リンカーン弁護士、ミッキー・ハラーも加わり、主役級が三人揃った豪華な共演作になっている。三人それぞれが担当する事件が重層的に重なり、先の展開を予測しがたい読み応えたっぷりの作品に仕上がっていると言えよう。

ボッシュが新人の殺人事件担当刑事だったころ、パートナーを組んで、殺人事件に関する取り組み方を一から教えてくれた恩師にあたる元刑事が亡くなった。ボッシュが葬儀に参列したところ、未亡人から夫が自宅に残していた一冊の殺人事件調書を託される。元刑事は、二十年まえにロス市警を引退する際にその調書を市警から盗んで、自宅に保管していたらしい。恩師の執着していた未解決殺人事件を解決すべく、ボッシュはバラードに協力を求める。

また、ボッシュは、ミッキー・ハラーが担当している上級裁判所判事殺害事件裁判に被告側調査員として協力もしていた。判事は日中に裁判所近くの公園で刺殺され、死体に残されたDNAが一致したことで逮捕された男性が裁判にかけられていたが、犯行を自供しており、有罪必至の状況だった。

一方、バラードは、ホームレス男性の焼死事件の現場に出向いていた。テント暮らしのホームレス男性が、酔っ払って寝ているうちに、うっかり灯油ヒーターを倒し、焼死した模様だった。事故死とみて、バラードはロス市消防局に処理を任せた。

これら三つの事件が複雑に重なり合い、終盤の怒濤の展開は近年屈指の作品に仕上がっている。

なお、原題のThe Night Fireは、ラテン語のignis fatuusから来たもので、「鬼火」「狐火」「幻影」「惑わすもの」の意味。英語の直訳「夜の炎」は、作中の事件のひとつ、夜に起こった火災事故を直接指すほか、さまざまな意味合いが重ねられている。邦題はこれらを勘案したうえで、『鬼火』とした。

書評をいくつか紹介しよう――

「コナリーは、興味深い背景を持つレネイを主人公にした完全に完成したシリーズをあらたに創造しただけでなく、昔かたぎのハリーと型破りな一匹狼レネイとのあいだに魅力的な陰陽の関係を築き上げた……。コナリー料理長は、ありふれた材料を使って、新しい、完璧に満足いく料理をまたしても作り上げた」

――ブックリスト星付きレビュー　ビル・オット

「このぎっしり詰まったプロット――殺人、放火、プロ同士のライバル意識、警官仲間内でのきわどい話、またたくまに非常に醜いものに変わる家庭内争議――には、だれにとっても価値があるものがある。わたしの場合は、それはこの警察小説の細部だ――ハリウッド分署のシフトに就いている警察官たちが殺人事件の捜査に派遣された瞬間から、だれがなにをおこない、どのような行動が取られるのか。コナリーは、現今の警察小説の筆頭となる書き手だ。彼の主たる登場人物――ボッシュ、バラード、ハラー――は、さまざまな手段を用いるが、だれもどんな小さなことも見逃さない」

——ニューヨーク・タイムズ・ブックレビュー　マリリン・スタシオ

「コナリーはあらゆるレベルで本物と感じさせる小説をまたしても生みだした。物語を貫く死すべき運命のテーマが、作中のあらゆるものをより切迫したものにしている」

——アソシエイテッド・プレス　ジェフ・エアーズ

「世のなかには、ただただ最高のものがある。たとえば、マイクル・コナリーの作品のようなものだ。彼の『鬼火』は、衰えを知らない創造性のさらなる証拠である……コナリーはそのような高い評価をされている理由を改めて示した」

——ファイナンシャル・タイムズ紙　バリー・フォーショー

「コナリー以上にロサンジェルスの街の暮らしを巧みに描く作家はいない」

——タイムズ紙（英国）

「コナリーは最高のストーリーテリングのフォームを維持しており、関連性のない情報をシームレスに織りなして、読者に息を呑ませる事件を形作っている。ボッシュが警察官として終わったと思っていた人間はみな大間違いをしているのだ――バラードを〝相棒〟に加えることで、この複雑で魅力的なシリーズにあらたな命が吹きこまれた。このすばらしい一冊を強くお勧めする」

――オーサーズ・オン・ジ・エア　ブックレビュー・クルー

「コナリーは警察小説となると他の追随を許さぬ立場にいるが、またしても、この形式での現代の匠であることを証明した」

――パブリッシャーズ・ウィークリー星付きレビュー

ところで、変わることなく殺人事件捜査に使命感をもってあたっている姿につい忘れがちになるのだが、ハリー・ボッシュは、一九五〇年生まれという設定であり、作品発表年と作品のなかの時間がほぼおなじなので、本作でハリーは六十九歳になる。前々作『汚名』で痛めた膝は、今回、ついに人工関節置換手術をおこなう羽目になり、それ以外にも健康上、重大な支障が生じていることが描かれている。確実にハリーにも老いは忍び寄ってきており、ある意味、終わりが近いことを予感させる。次のボッシュものは、二〇二一年十一月刊の The Dark Hours で、このあとがき執筆時点では、まだ訳者の手元に発売前見本刷り《プルーフ》が届いていないため、内容は不明だが、七十代を迎えたハリーがどのように描かれているのか、興味深いものがある。幸いなことに、レネイ・バラードという若き後継者を得て、ボッシュ・ワールドは、コナリーが執筆をつづけるかぎり、安泰なようではあり、将来、ボッシュの娘マディがバラードとチームを組む物語が語られるかもしれない。そんな未来に思いを馳せながら、これまで三十年近く、コナリーに付き合ってきていただいた読者のみなさんとともに、このコロナ禍を乗り切っていきたいものである。

　コナリー作品の映像関係の話をいくつか紹介しよう。まず、Amazon プライムビデオでのボッシュ・シリーズは、ついに最終第七シーズンを迎える。『燃える部屋』をベースにしたこの作品は、二〇二一年六月二十五日に配信予定。つまり、本書が出る直前に公開されているはず。なお、このシリーズは、プライムビデオ配信作品のなかで屈指の人気を誇り、それを裏付けるかのように、スピンオフ作品が制作されることになった。Amazon の関連会社である IMDb-TV 社から無料で配信される予定だという。ボッシュが宿敵役の弁護士マネー・チャンドラーと対峙する作品だそうだ。二〇二一年後半に撮影がはじまるとのことで、日本でも視聴できることを期待する。

次に、リンカーン弁護士シリーズが、Netflixで映像化されることが決まった。主演のミッキー・ハラー役は、映画『オリエント急行殺人事件』(2017)などに出演しているマヌエル・ガルシア＝ルルフォ。『真鍮の評決』を原作に、十話構成で配信される予定。二〇二一年三月に撮影に入ったとのことで、年内にも動くミッキー・ハラーの姿を見られるかもしれない。

さて、次回作Fair Warning (2020) は、『ザ・ポエット』(1996)、『スケアクロウ』(2009) につづく、久々のジャック・マカヴォイ記者シリーズ第三弾。

現在、消費者保護を目的としたニュースサイト「フェア・ウォーニング」の記者であるマカヴォイは、ある日、ロス市警本部強盗殺人課の刑事の訪問を受け、先週起こった女性殺人事件について聴取される。被害女性は、マカヴォイが一年まえ、一夜だけの関係を結んだ相手だった。身に覚えがないマカヴォイは、殺害現場に犯人のDNAが残されていたことから、みずからのDNA採取に応じ、容疑は晴れるのだが、興味を覚えたマカヴォイは、事件について調べはじめ、同様の手口による女性の死亡事件が複数あることに気づく。被害者たちに共通する事項から、彼女たちの個人情報である遺伝子情報を利用して、獲物を狙う連続女性殺人犯がいるのでは、とマカヴォイは考える。

レイチェル・ウォリングの協力を得て、調査を進めていくうちに、重要な情報を握っていると思われる関係者を見つけるが、話を聞こうとすると、その相手が次々と死んでいき、どうやら犯人に先回りをされているらしい。

やがて犯人の魔手が、レイチェルに、そしてマカヴォイ本人に伸び……。

元FBI捜査官レイチェル・ウォリングとタッグを組んで、連続殺人犯を追い詰めるという趣向をそのままに、最近のコナリー作品の特徴である、次々と事態が変化していく終盤の怒濤の展開が本書でもおこなわれ、抜群のページターナーに仕上がっているこの作品は、年内にお届けする予定である。ご期待いただきたい。

マイクル・コナリー長篇リスト（近年の邦訳と未訳分のみ）

The Crossing（2015）『贖罪の街』（上下）HB MH
The Wrong Side of Goodbye（2016）『訣別』（上下）HB MH
The Late Show（2017）『レイトショー』（上下）RB
Two Kinds of Truth（2017）『汚名』（上下）HB MH
Dark Sacred Night（2018）『素晴らしき世界』（上下）RB HB
The Night Fire（2019） 本書 RB HB MH
Fair Warning（2020） JM RW（講談社文庫近刊）
The Law of Innocence（2020） MH HB（講談社文庫近刊）
The Dark Hours（2021） HB RB
邦訳は、いずれも古沢嘉通訳、講談社文庫刊。

＊主要登場人物略号　HB：ハリー・ボッシュ　MH：ミッキー・ハラー　RW：レイチェル・ウォリング　RB：レネイ・バラード　JM：ジャック・マカヴォイ

|著者| マイクル・コナリー　1956年、フィラデルフィア生まれ。フロリダ大学を卒業し、新聞社でジャーナリストとして働く。手がけた記事がピュリッツァー賞の最終選考まで残り、ロサンジェルス・タイムズ紙に引き抜かれる。「当代最高のハードボイルド」といわれるハリー・ボッシュ・シリーズは二転三転する巧緻なプロットで人気を博している。著書は『暗く聖なる夜』『天使と罪の街』『終決者たち』『リンカーン弁護士』『真鍮の評決　リンカーン弁護士』『判決破棄　リンカーン弁護士』『スケアクロウ』『ナイン・ドラゴンズ』『証言拒否　リンカーン弁護士』『転落の街』『ブラックボックス』『罪責の神々　リンカーン弁護士』『燃える部屋』『贖罪の街』『訣別』『レイトショー』『汚名』『素晴らしき世界』など。

|訳者| 古沢嘉通　1958年、北海道生まれ。大阪外国語大学デンマーク語科卒業。コナリー邦訳作品の大半を翻訳しているほか、プリースト『双生児』『夢幻諸島から』『隣接界』、リュウ『紙の動物園』『母の記憶に』『生まれ変わり』（以上、早川書房）など翻訳書多数。

鬼火《おにび》(下)

マイクル・コナリー｜古沢嘉通《ふるさわよしみち》 訳

© Yoshimichi Furusawa 2021

講談社文庫

定価はカバーに
表示してあります

2021年7月15日第1刷発行

KODANSHA

発行者──鈴木章一
発行所──株式会社　講談社
東京都文京区音羽2-12-21　〒112-8001
電話 出版 (03) 5395-3510
販売 (03) 5395-5817
業務 (03) 5395-3615

Printed in Japan

デザイン─菊地信義
本文データ制作─講談社デジタル製作
印刷───大日本印刷株式会社
製本───大日本印刷株式会社

落丁本・乱丁本は購入書店名を明記のうえ、小社業務あてにお送りください。送料は小社負担にてお取替えします。なお、この本の内容についてのお問い合わせは講談社文庫あてにお願いいたします。

本書のコピー、スキャン、デジタル化等の無断複製は著作権法上での例外を除き禁じられています。本書を代行業者等の第三者に依頼してスキャンやデジタル化することはたとえ個人や家庭内の利用でも著作権法違反です。

ISBN978-4-06-523959-9

講談社文庫刊行の辞

二十一世紀の到来を目睫に望みながら、われわれはいま、人類史上かつて例を見ない巨大な転換期をむかえようとしている。

世界も、日本も、激動の予兆に対する期待とおののきを内に蔵して、未知の時代に歩み入ろうとしている。このときにあたり、創業の人野間清治の「ナショナル・エデュケイター」への志を現代に甦らせようと意図して、われわれはここに古今の文芸作品はいうまでもなく、ひろく人文・社会・自然の諸科学から東西の名著を網羅する、新しい綜合文庫の発刊を決意した。

激動の転換期はまた断絶の時代である。われわれは戦後二十五年間の出版文化のありかたへの深い反省をこめて、この断絶の時代にあえて人間的な持続を求めようとする。いたずらに浮薄な商業主義のあだ花を追い求めることなく、長期にわたって良書に生命をあたえようとつとめるところにしか、今後の出版文化の真の繁栄はあり得ないと信じるからである。

同時にわれわれはこの綜合文庫の刊行を通じて、人文・社会・自然の諸科学が、結局人間の学にほかならないことを立証しようと願っている。かつて知識とは、「汝自身を知る」ことにつきていた。現代社会の瑣末な情報の氾濫のなかから、力強い知識の源泉を掘り起し、技術文明のただなかに、生きた人間の姿を復活させること。それこそわれわれの切なる希求である。

われわれは権威に盲従せず、俗流に媚びることなく、渾然一体となって日本の「草の根」をかたちづくる若く新しい世代の人々に、心をこめてこの新しい綜合文庫をおくり届けたい。それは知識の泉であるとともに感受性のふるさとであり、もっとも有機的に組織され、社会に開かれた万人のための大学をめざしている。大方の支援と協力を衷心より切望してやまない。

一九七一年七月

野間省一